KB233206

파군 강월도 시선집

욕망과 희비극

파군 강월도 시선집

욕망과 희비극

김상주 편

도서
출판 우리글

❍ 차례

3. 육체의 대화

4. 자유 변주곡

5. 사랑 무한

7. 별첨: 영원한 질문과 여자의 대화

영원한 질문

여자의 대화

표지 그림 :

청도 박일주의 "아름다운 계절의 풍경 #20"

청도 박일주의 화화 :

아름다운 계절의 풍경 (강월도편, 예니, 1995)에서 발췌.

희비극과 시의 미학

– 파군 강월도 시선집 「욕망과 희비극」을 묶으며

김삼주 (문학 평론가, 경원전문대 교수)

1.

강월도, 1936년 서울 출생. 그는 1955년 겨울 열아홉의 젊은 나이에 미국 유학길에 오른다. 그의 말처럼 '황금의 꿈이 아니라, 채울 수 없는 젊은이의 갈망, 겨울을 버리고 여름을 찾아 날아오르고 싶은' 젊은이의 열정을 따라 이국의 낯선 자유의 도시, 뉴욕으로 간다.

자유의 대도시 뉴욕은 '여름'이었고, 거기에서 그는 '여름'처럼 젊은 몸에 흐르는 율동을 따라 철학을 공부하고 연극을 올리며… '이성과 미의 축제' 마당을 일궜다. 그리하여 그의 갈망은 '파군'이라는 그의 또 하나의 필명처럼 뉴욕의 '여름'의 도시에서 간단없이 파도와 같이 펼쳐져 갔다.

30여년의 길고도 짧은 세월, 언제부터인가 그에게는 문득문득 '겨울'이 느껴졌고 고향이라는 '무거운 그림자'가 그를 끌기 시작했다.

'겨울과 여름, 고향과 서울 / -그러니 겨울에 떠나 여름에 돌아온 고향'이라는 제목의 시에서 그는 말한다.

겨울에 떠난 고향 서울, 1987년 여름의 끝자락에 그는 돌아온다. 서울에 새 살림을 차리고 공연예술지 「서울벽보」를 간행하면서 새로운 삶의 물결을 탄다. 연극을 써서 무대에 올리고, 시집을 출간하고, 언론매체에 논평문을 게재하고 '이성과 미의 축제' 운동을 야심만만하게 밀어본다.

1992년 다시 강단에 설 기회를 갖게 되어 그는 한성대학교에서 철학을 강의한다. 그의 인생은 이 세상에 그의 첫 철학 논평집의 제목과 같이 '이성과 미의 축제' 마당을 여는데 소진해 간다.

2.

그의 인생이 그러하듯 일곱 권이나 상재한 그의 시세계도 '아름답고 진실한 세계', '이성과 미의 축제' 마당이 이 지상에 펼쳐지기를 갈망하는 노래들로 충만해 있다.

열 여덟 살의 소년, 그는 처녀시집 「태양을 위한 환상」(공동문화사, 1954)을 출간하는데, 6.25 전란중에 납북되신 부친에 대한 참담과 무력에서 비롯되었다고 그는 말한다. 그렇듯 육친에의 간절한 호소가 곳곳에 스며 있는 이 시집에서, 우리는 한편으로 그의 생애를 예견할 수 있는 정신의 조숙함과 의지의 투철함을 읽을 수 있다. 이 시집에서 그는 태양을 향한 삶의 의지, 즉 이성적 삶의 의지를 천명하고 있으며, 또한 무려 400여행에 이르는 장시 「환상」('호수'를 첫사랑에 비유하는 소재로 한, 사계의 신화적 장시)을 통해 그 나이에 이루어 내기 쉽지 않은 문학적 구성력을 펼쳐 보이고 있다. 그의 시 창작은 일단 여기에서 멈춘다. 그러다가 30여년이 훨씬 지나 뉴욕에서 서울로 돌아온 뒤에 마치 갇혔던 봇물을 터뜨리듯 여섯 권의 시집을 잇달아 상재했다. 『욕망, 그 가면극』(일선기획, 1990)『육체의 대화』(혜화당, 1994),『자유 변주곡』1, 2권 (한국 시문화회관, 1998),『사랑무한』(늘봄, 1999), 그리고 최근에 출간중인 『파군에스크 랩소디스』에 이르기까지 최근 십년간에 그의 시창작은 끊임없이 지속되고 있다. 아마도 그는 미국에서 영어로 희곡 작업을 하다가 귀국하여 새롭게 만난 모국어 음률과 조화에 빠져 버렸는지도 모른다.

3.

그의 시세계에 대하여 나는 앞에서 아름답고 진실한 세계를 꿈꾸는 노래라고 압축하여 말한 바 있다. 사실 그것은 시에 국한되는 것이 아니라, 그의 희곡 세계이며 철학 세계, 아니 그의 생애를 압축한 말이라고 나는 생각한다. 왜냐하면 그의 희곡과 철학 평론, 그리고 시 속에서 그 정신은 일관되게 근저를 이루고 있기 때문이다.

이 아름답고 진실한 세계 구현을 꿈꾸는 노래들 속에서 우리는 현실 속에 있는 그대로의 우리 자신을 만나고, 우리들이 뒤엉켜 사는 모습을 만나고, 이 사회와 역사의 국면들을 만난다. 아울러 그 희비극적인 만남에서 우리는 메

마르고, 일그러지고, 거짓투성이가 된 우리 자신을, 사회를, 역사를 발견한다.

이처럼 그의 시는 인간 존재와 삶, 그 실체 탐구를 바탕으로 전개된다. 인간은 정신과 육체가 한 덩어리로 존재하는 것, 그러기에 그는 인간의 본능적 욕망을 긍정한다. 황홀한 사랑을 긍정한다. 다만 그것은 순수로 맺어지는 황홀, 서로가 서로의 삶을 고양시키는 아름다운 사랑이어야 함을 역설한다. 또한 인간은 아름다움을 찾아가는 생물이라는 것, 삶은 미의 축제여야 한다는 것, 예술은 미의 축제를 벌이는 놀이판이라는 것, 그러기에 그는 우리를 이 현대 희비극적 놀이판으로 오라고 초대한다.

4.

그의 시는 독특한 미학을 지니고 있다. 그가 우리 시에 독특하게 보여주는 미적 장치는 희비극 또는 상황극의 축소판과도 같은 극적 제시법이다. 이 기법은 그의 시방법론의 중심이 되는데, 때로는 대화를, 때로는 극적 상황을 묘사만으로 제시하는 기법이다.

그 한 예를 보면 "까만 무대 배경에 / 흑인같이 까맣게 분장을 하고 / 무대 바닥을 스치는, 수녀복과 같은 / 하얀 망토를 한 무용수들이 움직인다. // 머리도 없고 / 발도 없는 / 하얀 몸체들이 / 돌아 돌아 / 오고 간다."(『머리와 발이 없는 몸체』전문) 와 같이 한 편의 시를 극적인 장면 묘사만으로 완결 짓는다. 이 시에는 화자 또는 시인의 주관적인 개입이 없다. 따라서 우리는 이 시를 읽고 자유롭게 상상할 수 있다. 말하자면 시인은 극적 제시법을 통해 판을 열어 놓고 독자의 자유로운 미적 체험을 유도한다. 이 기법은 주관의 개입이 강한 우리 시에 새롭게 제기하는 방법론이다. 이 점에서 또한 우리는 강월도의 시적 공헌을 인정하지 않을 수 없다.

5.

스스로 '파군'이라 이름하고 "끝없이 파도 이는 바다"와 같이 살고자 했던 강월도 시인, 그는 분명 간단없는 파도의 물결과도 같은 삶을 일구어 왔다. 낯선 이국 땅에서 극작가로, 철학교수로 그리고 귀국하여 이 땅에서 문화운동가로, 시인으로, 철학자로 간단없이 파도치다가 근래 미술관을 열고 또 하나의 물결을 일으키고 있다. 이 시집에 묶은 그의 시편들이 이러한 그의 삶과 사상으로 독자에게 깊이, 널리 파도쳐 갈 것을 확신하며 이 시집의 발간을 축하한다.

태양을 위한 환상

강 월 도

퍼런 허공—
정열에 타는
두 눈동자가 번쩍이고

잡힐듯 말듯
나를 부르는
한 줄기 오열이 감도느냐

……

나는 잔잔히
불러야 했다.

저 멀리 북으로
찬 파동이
너풀너풀
날아가고 만다.

1954

1.1

북으로 창을 내고 싶소

나는 북으로 창을 내고 싶소.
멀리 벌판을 바라볼 수 있도록
나는 북으로 창을 내겠소.

지난 날 온화하신 임이 보고 싶소.
스며드는 그 속으로 잠기도록
나는 인자하신 임이 보고 싶소.

지금 어디서 떨고 계실지 모르기에 알고 싶소.
이렇게 모르고야 끝없도록
나는 정말 알아야 되겠소.

나는 북으로 창을 내고 싶소.
삭풍이 넘어드는 것을 맞아들이도록
나는 북으로 창을 내겠소.

- 북병산 구릉에서

1.2

고궁에서

푸름이 고궁에 물들면
늦은 봄을 남기고 익은 정열 —
빨간 장미가 타네
호올로.

조물주가 대지 위에
오랜 시간이 흐른 뒤
하나의 씨 – 생명 – 를 심은 것은
나의 가슴의 사랑
피어 들은 장미여.

빨간 화엽 …
너의 가슴에 가시가 돋음도
젊음의 아픔 …
나의 가슴에 괴로이 엉켜도
자연은 흐르고
장미를 찾는 어린 여인들이여

아름다움을 장식하는 자 —
장미의 아픈 가시임을.
맑은 너의 가슴을 벌려

나는 숨은 가시를 뽑아 주마

나의 기쁨이여 …
가시가 엉켜도
빨간 피가 흘러도.

푸름에 고궁이 물들면
늦은 봄을 남기고 익는 정열 —
빨간 장미여 내 가슴에 타라
호올로.

– 운현궁에서

1.3

라일락의 향훈

달 밝은 밤에
별 빛은 흐르고 있다.
멀리서 은은히 들리는 피리소리와 함께.

달빛에 쫓기는 듯이 라일락의 향훈이
나의 가슴을 스칠 때
나의 심정은 어지러워진다.

아 — 저 밝은 달을
멀리 있는 임이 보고 있다면
그대에게 이 향훈을 보내려네.

1.4

낙엽

푸르던 잎새들이
시원한 가을 바람에 못 이겨
멋 모르고 떨어질 밖에.

엉성한 낙엽들이
쌀쌀한 겨울바람에 몰려
한 모퉁이에 모일 밖에.

무정한 하얀 눈이
낙엽 위에 내려
쌓이고 쌓일 밖에.

가련한 낙엽들이
추위에 못 이겨 얼어서 잠들 밖에.

1.5

마을

앞으로 멀리까지도 바다 —
이제야 아무 것도 모르나마
고달픈 마을 하나가 잠든다.

사선을 넘어온 여기에
안으로 흐르는 눈물과 피, 피 …
겉보다는 속이 아픈가 보다.

끓는 정의의 태양은
정열에 못 이겨 포옹을 하면
순간 혼열된 유방은
꿈과 함께 점점 부풀어오른다.

맑아 가는 푸른 하늘 밑 —
처음으로 기쁨을 맛본
노곤한 마을 하나가 잠든다.

(1953. 6. 15)

1.6

대해(大海)

오래 전
역사가 시작한 첫날부터
이 망망한 대해(大海) 앞에서
수많은 사람이 흙으로 사라졌다는 것을
무한한 신비로 받아들인다.

나는 조그마한 바가지를 들고
파도가 넘나드는 바위 위에 주저앉아
전설에 남은 신화를 외워 가며
물을 퍼서
뚝 너머로 넘기곤 넘기곤 한다.

몇개의 꿈 많은 무지개가 차례로 지나가고
훈풍이 나의 귀에 속삭임을 던지는가 하면
나는 목이 마르기 시작한다.

손목 허리가 쑤시고
바위의 냉각이 나의 피부를 얼리고
나의 시선은 하늘 위에 끝없는 포물선을
그리기에 빈번하다.

뚝 너머로 넘겨 논 물은 대해 – 고향 – 을 찾아 들고
조그마한 바가지는 점점 낡아만 간다.

아! 모두들 나의 손에서 떨어져 나가는 도구를 보고만
있으려는가?

나는 산호가 무엇인지 알려 하지도 않으련다.
그리고 진리에서 살며 힘쓰지도 않으마
나는 지금 네가 어이할 수 없는 몸이요
오직 선열과 같이 여기서 깊이 잠들리라.
무지개는 차례로 일어났다 사라졌다 하고
파도치는 바다는
오늘도 내일도
모두가 변화 없을 자연이어라.

1.7

장시(長詩)

환상(幻想)

제1곡

여기 태고적부터 자라온
푸른 전설을 품은
호수가 태양이 뿜는 열에 몸을 휘감겨
잠을 깬다.

호수는
짙은 수록색을 자랑했으나
햇볕이 던지는 따뜻함에
금으로 은으로 화한다.

옆으로 쭉 — 뻗은
푸름만을 아는 잔디는
야수의 발자취도 서성거리지 않았고
무르익은 청자색 하늘에만 젖었다.

청자색 하늘 여기 저기 새겨진 구름들이
호심(湖心)에서 뛰노는 예쁜 고기들을 탐내고
퍽이나 진실하게도 유혹의 시선을 던져 본다.

바람이 구름을 밟고 가는 이곳!
이름모를 꽃향기에 젖어
호수 – 소녀 – 의 유방은 부풀대로 부풀었다.

유방의 신비.
수록색 호수를 따라 도는
들이 끝나는 저 곳 —
푸른 솔로 생활하는 웅장한 산들이
하늘을 향해 아크로포리스(Acropolis)를 장식한다.

푸른 호수,
푸른 잔디가
푸른 산들이 있는, 그리고
푸른 하늘이 품어 주고 있는 이곳은
에덴동산의 어느 구석이었는지도 모르겠다.

이곳 푸름과 따스한 햇볕이 있을 뿐
이브(Eve)의 발자취로
야수의 울음소리도 들인 적은 없었고
사탄(Satan)의 호흡도 지나친 적이 없었다.

인류가 추종한 운명도
순진한 소녀들의 꿈 많은 동경도

젊은이의 힘찬 희망도 모두 가져갈 신이 태를 튼다
- 시작도 끝도 없기를 원하는 -
호수에.

그래 여기도
시간과 공간이 있어
운명을 창조하기도 하고
또 하나의 가지 않을 수 없는 길이 벌려진다.

신이 뿌린 열매에서 꽃이 피고
잔디는 점점 살이 쪄 가는 곳 -
푸름과 따뜻함에 잠긴
노곤한 호수 - 소녀 - 는 부러움을 모르리라.

그런데 산 너머 저 멀리에는
폭풍치는 바다 — 등대마저 없고 —
죄악 많은 세상이 있다더라.

하늘 저 끝까지
오선지에도 옮길 수 없는 음률에 잠긴
무르 자란 수록색 자연속에
꿈에서 깬 호수 - 한 소녀가 있을 뿐
네 잎의 크로바(Clover)를 손에 들고.

이 소녀를 위해
자 — 기구를 올리자
신이 대지를 창조하신 후
소녀를 위해 첫 번의 기구를 올렸단다.
소녀도 기구를 올린다.

제2곡

어두움이 준 무지가
대해의 폭풍과 함께
나의 한 삶을 강탈하고 말았다.

나를 보호해 주시던 아버님이 흙으로 묻히고
어제까지도 온화한 포옹을 주시던 어머님, 누님,
모두 멀리 가고 말았다.

어머님은 나의 신앙이기도
누님은 나의 꿈이기도 한
그 검은 두 눈동자는 많은 괴로움을 안은 채 잠들고
말았다.
어머님의 말씀 그리고 누님의 말없는 미소 …
나는 거기서 삶을 찾으려 했는지도 모르겠다.

펵이나 외롭다.
성좌들도 모두 숨고
지나가는 별 하나가 흐르고 있는
내가 맞아야 하는 밤이다.

내가 배를 몰고
바다에서 며칠을 보냈을 때마다
그렇다고 많은 고기를 잡은 것은 아니요,
내가 보는 새벽의 해맞이는
열(熱) 없는 싸늘한 공기였다.

이래 내가 대자연(大自然)과 싸워야 하는 불운아라면
나는 어두움 속에서 살아야 했고
나는 폭풍과 함께 몸부림치며
차례로 덤비는 상어를 때려 죽여야 했다
고단한 나의 육체를 이겨야 한다.

어느 철인(哲人)이 말하기를
– 밝음을 영유하기 전에 어둠을 영유하라 –
나는 밝음을 의식치 못하는
아! 행운아인지도 모르겠다.

잠이 온다.
나의 어릴적의 보금자리가 그립다
나는 꿈을 꾸지 않고 깊이 잠들리라 생각한다.
온갖 것을 잊고 싶기에.

성종(聖鐘)이 새벽 공기를 흔들 때
나는 밀창을 열고
언덕 밑 붉은 대지를 내려다본다.
그들이 나의 소유가 되었나?
내가 좀더 눈을 크게 떴을 때는
사립문 앞으로 쭉 뻗은 길이 깨끗이 깔려 있다
– 어제까지도 나의 시야에 없었던 –
퍽 좁은가 보다
저 길의 끝이 어디로 갈까?

머 — ㄴ 하루를
퍽 짧게도
새로운 길의 미궁을 찾아 걸었을 때
나는 지친 몸으로 쓰러진다.

아! 광명!
그리고 생명의 약동!
수록색 깊이 물든 호심(湖心)과
좁은 길을 밝혀 주는 나이 어린 천사 …
나의 눈은 극도의 피로를 푼다.

나의 근시안아!
그리고 어두움과 싸우던 육체여!
새로운 대기가 주는 생명의 호흡을 안으라
신성한 안개 속에서 가슴이 벅차구나.

나의 눈을 다시 비벼 본다.
나의 발을 힘껏 굴러 본다.
나의 호흡의 심도는 점점 깊어간다.
모두가 꿈은 아니요,
어제의 현실도 아닌,
하나의 환상의 세계, 아니 광명의 세계냐!
새로운 경지에 삶의 빛이 내린다.
신에 감사를 드리자.

제3곡

춘(春)

사가의 머리에도 없었던
어머님의 고향의 전설과 같이
수록색으로 장식된 문이 뒤로 물러간다
퍽이나 좁은 길과 함께.

자연 속
푸른 냄새 풍기는 호수 – 소녀 – 와 나
사원에 걸린 성화 속의 거리인 것만 같다.
억제할 수 없는 희열이 솟는다.

나의 눈 앞에 펼쳐지는 환희의 자연들,
그 속의 너는 슬픔을 모르는 호수 — 너 소녀
그리고 온기 띤 낯으로 나를 향하는 하늘, 구름,
벌써 기억에 흐려진 어느 영화의 첫 화면만 같다.

나는 푸른 대기를 마시며
두 손으로 아슬한 육체를 만져볼 양이면
살찐 하늘을 어루만지곤 한다.
눈 앞에 감촉되는 부드러움.
발을 옮겨 놀 때마다 일어나는 감촉은
거칠은 뺨을 스치는 훈풍은

닥쳐올 행운을 예언하는가?
나의 가슴이 신비롭게 부풀어간다.

숲속 길을 나와
잔디 위에 미끄러졌을 때는
태양이 직선거리에 들어서고
호수 – 소녀 – 너는
진주를 찾는 해녀의 눈과도 같이 커 ― 다랗게 뜨고
일어날 전망에 의욕을 던지느냐?

윤이 흐르는 금발이 흐트러진 채로
아름다운 조화를 찾아
오늘의 일이 시작된다.

그 눈을 더 크게 돌리고야
나 – 그 누구를 위해 정열을 품은 – 를 보았느냐?
나는 녹색의 문을 뒤에 두고
너를 찾았을 때는 뜨거운 전율을 느꼈고
좀더 가까이 왔을 때는
아 ― 그만 너를 가슴에 품고 말았는지 모르겠다.
타오르는 붉은 심장.

나의 열 다섯 번째 생일을 맞이하던 날
퍽 밝은 달빛이 라일락의 향훈을 침실로 휘몰던 밤,
어머님은 나의 손을 꼭 잡으시고
고향의 전설을 들려 주셨단다.
나는 달에 비치는 그 호반을 바라보며 들었단다.
— 외로이 호반에 사는 소녀의 가슴에
매일 밤 찾아오는 귀여운 별님이 있었단다.
밤에 만나 해뜨기 전 헤어져야 하고

만날 때마다 별님과 소녀는
이 얘기 저 얘기를 속삭이며
노래도 부르고 얼마를 즐겼단다.
그런데 어느날 하느님은 별님에게
땅에 사는 소녀와 이야기하였다는 벌로
그만 땅으로 별님을 떨어뜨리고 말았단다.
떨어지는 별님을 소녀는 치마폭으로 받았으나
너무나 높은 하늘에서부터 내려왔기에
그만 별님은 끝없는 길로 가고 말았단다.
그래서 소녀도 별님을 치마폭에 꼭 안은 채
호수에 고이 잠들고
호수만이 점점 푸르러 갔다 한다 —

소녀야
너의 눈은 점점 맑아 가누나.
네 시선이 너무 내 피부에 머무르면 타서

싫어지지나 않을까?
아니다, 나는 네 불길에 타서
하얀 연기로 한없이 푸른 하늘을 날으고 싶다.

소녀야
나는 너를 수없이 부르련다.
너는 나에게 영원한 생명을 줄 수 있는 상징이어라.
너와 더불어 살련다.

소녀야
우리에겐 늘 신의 보호가 있고

우리들 곁에는 언제까지나 신이 머무르신단다.
우리는 신을 받아들이자.

제4곡

하(夏)

태양이 가장 고도화하는 순간
삼라만상은 넋을 잃고 고개를 숙인다.
호수 ― 소녀 ― 의 볼은 붉어 가며
금으로 은으로의 조각이 끝이 났다.

석수공의 이마에 구슬땀이 시들듯
이 푸름마저 싫증이 났는지
네 연약한 손을 벌리고 무얼 찾느냐?
네 소녀의 입술을 붉히며 무얼 구하느냐?
네 가쁜 가슴을 열고 무얼 받아들이려느냐?

…

나는 인제야 알겠구나.
신이 대지에 처음으로 손을 대시곤
우리 인류가 회유에 몸을 휘저었을 때
사랑의 열매를 하나씩 심어 주셨음을,
〈희망〉이라는 두 글자를 심장의 구석에 새겨 주셨음
을.

나의 〈사랑의 열매〉는
너의 〈사랑의 열매〉보다

벌써 하늘을 우러러 피었단다.
아직 나비도 벌도 날아들지 않아도.
이제 소녀야
나는 한없이 너와 더불어 속삭이고 싶구나.
- 너는 주인,
  나는 너를 찾아온 나그네 -

- 너는 과거가 없는 아름다운 소녀,
  나는 희망을 먹고 사는 젊은이 -

- 사랑은 위험한 길도 무서운 길도 서슴지 않으리라
  사랑이 가는 길엔 언제나 빛이 있지 않느냐 -

소녀야
너의 그 큰 푸른 눈동자에 어린 향수는
어디서 왔는지 나는 알 수가 없구나.
너의 무슨 이야기를 할듯 할듯하는 그 입술은
나의 심장에 불을 더 뜨겁게만 하는 것임을 …

여기 너와 나 둘뿐이어라.
입을 열고 많은 이야기를 들려다오.
아! 저기 분화구에서 불을 막 토하기 시작한다.
하늘이 충혈에 미친 듯하고
태양이 어느 절정을 넘기고 말았다.

용광로 속같이 끓는 대지요!

쓰러지듯 나의 몸을
숨찬 소녀 — 호수 — 의 가슴에 던져 버린다.
부풀은 유방이 나의 가슴을 압박할 때마다
끝없이 올라가는 두 개의 체온을 느낀다.

새로운 음률에 귀를 적셔주고
푸른 산들이 모두 회의를 던짐을 본다.
행복한 자여! 너의 이름을 잊은 지 오래다.

나는 소녀 – 호수 – 의 입술에 입을 대고
소녀의 이름을 속삭인다.
– 수록색 호수 –
소녀 – 호수 – 의 젖방울이 목을 적셔
나의 체온을 조금씩 식혀 준다.
나는 소녀의 가슴에 있는 신선한 꽃을 보며
어머님의 유서에 남긴 장시의 푸른 구절을 넘긴다.

먼 옛날
신이 어느 나무 그늘에 앉아
우리들의 행복을 위해서 기구를 올렸단다.
소녀야 손을 마주잡고
기구를 올리자
영원할 너의 행복을 위해서.

제5곡

추(秋)

푸름이 짙어 가는 하늘을 동경하며
푸른 호수 – 소녀 – 의 부드러운 팔속에 안겨
소녀가 들려 주는 여신들의 신화를 듣는다.
그 이름일랑 기억에 없었지만.

소녀의 가슴에 휴식이 깃들고
푸른 잔디가 금빛을 품듯
숲속 나무들이 황록으로 익어 가면
소녀의 가슴에는 많은 생각들이 열매를 맺었다.
나의 발 밑으로
하나, 둘 …
하나, 둘 …
낙엽이 내려 앉기 시작한다.
하늘 저쪽 기러기가 줄을 지어 날아간다.

이미 호심에 던져진 나의 정열도,
나의 가슴을 벅차게 하던 소녀의 포옹도, 모든 환희
도,
꿈도,
낙엽을 따라 어디론지 가고 없구나.

다만 너와 나를 남기고

그 위에 한없는 회상이 자랄 수 있을 뿐
노래하라!
노래하라!
우리의 잊을 수 없는 시절을!
그래서 우리는 영원히 기억하자.

뚝, 뚝 …
뚝, 뚝 …
자꾸 낙엽이 내려 앉는다.
삼라만상이 이색을 품고.

그러나 높아만 가는 푸른 하늘,
푸르러만 가는 심도의 호심,
마치 맑아가는 내 머리와도 같이
너의 익어가는 열매와도 같이.

소녀야
너는 이것을 보지 못하느냐?
너의 마음은 점점 익었고
너의 생각만이 높푸르러감을 나는 잘 알겠다.
네가 모른다면 가르쳐 주마.

소녀야
낙조의 슬픔일랑 우리는 아직 생각지 말자.
우리에겐 아직 푸른 하늘이 있고

또 너의 익은 열매가 있지 않니?
나는 퍽이나 그것이 먹고 싶다.
아 — 해가 서산에 걸렸구나.
태양과 나와의 거리에 은으로 된 길이 쭉 펼쳐 있다.

은의 오솔길.
나는 소녀의 손에 잡혀
은의 오솔길을 걷는다.
좌우에 가득찬 푸름이 나를 우러러보고
소녀의 마지막과 같은 미소를 받는다.

소녀도
나도 알았다
조물주의 섭리가 무엇임을
그래도 우리에겐 말할 수 있는 어휘는 없단다.
이들만은 신이 우리에게 주시지 않았기에.

다만 내가 던질 수 있는 한숨 —
지금도 무지개를 잡으러 덤비는 철없는 아이들,
이성을 잃고 거리를 방황하는 무리들,
벌써 상어를 죽이기에는 지친 어부들,
인정이란 모르고 〈돈〉만에 눈이 벌건 부패물들,
그리고 밤의 환락에 자신을 어이할 줄 모르는 춘희들,
모두들 나의 말을 기억하라.
— 한숨 —

소녀의 손이 맥 없이 나의 손에서 벗어날 때
내 발목이 힘을 잃었을 때는
해는 서산을 넘어갔다.
오! 신의 부름을 저주하고도 싶구나.
— 안된다 —

검은 구름이 휘몰기 시작하고
저 암흑의 예언자!
어느 뭇 폭군을 벌 주려는 뇌성을!
아 — 나에게 힘을 다오.

신이여
저를 부르시나이까!
저의 영혼에 참된 힘을 주옵소서.

제6곡

동(冬)

온 천하를 뒤덮은 구름이 압축될 때
은의 오솔길도 벌써 없었다.

이제는 모두가 늦었구나.
발을 떼어 놓을 수 있는 곳 —
거기는 애매한 물이어라.

소녀야
너는 벌써 잠이 들었느냐?
한번만 더 그 푸른 눈을 뜨고 나를 보렴.
너의 눈에는 아직 빛이 있고
창공과 끓는 태양은 비록 사라졌어도.

싸늘한 바람이 불기 시작하면
눈이 내린다.
하얀 눈이 내린다.
속죄의 보상으로 하얀 눈이 내린다.

숲, 들, 호수 위 온 자연을 하얗게 하며
속죄의 보상으로 하얀 눈이 내린다.
소녀 – 호수 – 의 가슴에도,
나의 팔에도.

점점 수록색의 호수마저 색을 잃고
하얀 눈에 덮여간다.

여기 태고적부터 자라 온 호수에
온갖 수난도 지나가고
하얀 전설이 무르익고 만다.

소녀야
꿈에서 깨어 눈을 떠라.
우리는 〈죽음〉을 생각해야 할 때가 왔다.
– 죽음은 우리에게 영원한 생명을 주는 것이어라 –
나의 손으로 너의 눈을 감겨 주마.
고이 잠들어라.

온 천지가 하얗게 눈에 쌓이고
나의 발이 호수 – 소녀 – 속으로 스며들기 시작할 때
나는 두 손을 모으고
소녀의 영혼을 위해서,
나의 영혼을 위해서
기구를 올린다

신이여
우리의 가난한 영혼에
진심으로 참회하니 모든 죄를 사하시고

영원한 생명을 주옵소서.

신이여
한없이 가련한 무리들에게
참된 성수를 뿌리시고
영원한 생명의 길로 이끌어 주옵소서.

신이여
이제 죄인이 신의 앞으로 나아가리로다.
처음의 무한한 은총을 베푸소서.

하얀 눈이 말없이 내린다.
하얀 눈이 말없이 내린다.
숲, 들, 온 자연위에
고이 잠든 소녀 – 호수 – 위에도
그리고 잠겨 가는 싸늘한 나의 시체 위에도
펄 — 펄 — 눈이 내린다.

나는 눈을 감고 만다.
하얀 눈이 내린다.
말 없이 하얀 눈이 내린다.
온 자연이 하얀 눈 속에 잠든다.

(1954. 6. 2)

욕망, 그 가면극

강 월 도

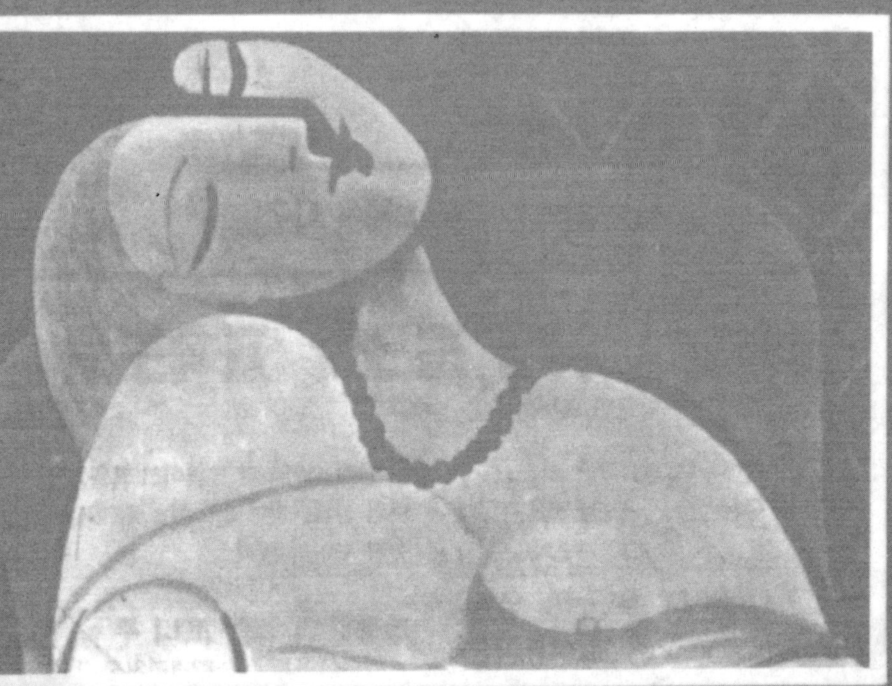

짐승을 닮은 화상이
벽 위로 꿈틀거린다.
나는 착각을 했느니라.
그 여자가 짐승이 아니었기에.

1990

2.1

눈 덮인 알래스카 공항 관망대에 올라

뉴욕을 떠나
서울로 가는 길
알래스카에 잠시 서면
끝없는 눈에 덮인 대지를 본다.

어두움 속에 정착한 눈위로
저 멀리 뒤로 구름이 시작하는 곳에 뉴욕이 있고
앞으로 멀리 구름이
끝나는 곳에 서울이 있으리라
믿으며
두 문명, 두 운명에서 잠시 빠져 나와
관망대에 올라 시원히 숨을 쉰다.

시간이 되면 떠나야 하고
돌아가지 못하는 길이 뒤에 있고
여기 끝없는 눈 위에 머무를 수 있을 것 같으나
눈을 먹고 살 수 없고
눈 속에 살 수 없고 …
뉴욕을 떠나야 했고

서울은 먼 기억속에 아물거리고
그 두 운명에서 잠시 빠져 나와,
알래스카의 눈 위에 살 수 없고

뉴욕서
서울서
살 수 없고,
이 순간 영원히 ─
숨을 다시 시원히 쉬어 본다.

(1987)

2.2

겨울과 여름, 고향과 서울
– 그러니 겨울에 떠나 여름에 돌아온 고향

30년 전
– 그러니 강산이 세 번 변했다 한다.

그 지난 먼 날,
어제 같은 날.
찬 겨울바람에 쫓겨
뒷골목에서 놀던 친구들과 헤어져
얼은 폐히를,
나는 서울을 떠났다.

6.25 혈난을 겪은 서울 —
불바다는 지나고
무덤의 재가 겨울바람에 휘돌던 …
부상병이 갈 곳이 없어 헤맨다.
끝없는 겨울바람이 살을 에이는
극동의 폐허였다.

상처가 아물은 오늘 —
자동차는 움직이지 않고 …
움직이지 않는 택시에 앉아 숨이 벅찬 …
수없는 전등 불빛이 번쩍인다.
서울의 거리는 무더운 여름이다.

겨울에 떠나
여름에 돌아왔다.
내 고향은 겨울이 끝 없었고
서울은 열대로 흘러내려간
착각을 준다.

옛날의 이름을 찾아서 —
그 추억의 모습은 사라졌고,
옛 친구를 찾아 —
그들은 어디서 흩어져 사는지 알 수 없고,
나만이 30년의 긴 잠에서 깨어
그 지난 날, 먼 날의 젊은 눈으로
홀로
불에 탄 폐허의 겨울 풍경을
무더운 고층건물 위에
그린다.

젊어서 미지로 떠나야 했고
황금의 꿈은 아니었다.
젊은이의 갈망, 채울 수 없는
겨울을 버리고 여름을 찾아 나르는 …

계절이 지나가는 것도 모르고
나를 따르는 거대한 그림자도 못 보고
이방의 벌거벗은 여인들에 사로잡혀

내 혀를 비트는 희극의 대사를 외우며
길고도 꿈 같은 반 반세기
젊은 몸에 흐르는 율동을 따라.

그 젊음의 율동이 멈춘 듯
겨울이 추웠고
무거운 그림자에 끌려
긴 잠에서 깨는 듯
뛰놀던 춤을 멈추고
고향에 돌아온다.

겨울에 잠들어 여름에 깨어있다.
겨울은 다시 올 것이다.
내 고향에는 계절이 있었고
내가 돌아온 고향엔
끝없는 추운 겨울이 올 것이다.
지금은 여름이어도.

– 한국에 돌아와 (1987. 8. 25)

2.3

열차 1, 그것이 착각이 아니기를

빈 열차 안에서
그대가
나를
기다린다면,
영원히
둘이서
달리는 열차 안에서
우리가
끝없이
달린다면,
그것이 착각이 아니기를.

2.4

열차 2, 약속이나 한듯이

열차에서
당신을 만나
옆에 앉았습니다.
열차는 어디론지 달리고
우리는 같이 갑니다.
한마디 말은 없으나
약속이나 한듯이
우리는 같이 갑니다.
영원히 같이 갔으면 합니다.
열차는 아직도 달립니다.
열차는 서지 않으리라 믿습니다.

2.5

열차 3, 보이지 않는 인간

나는 이 차가 어디로 가는지 모릅니다.
당신을 따라 이 차를 탔습니다만,
당신은 나의 존재를 의식하지 못하고 있습니다.
나는 보이지 않는 인간인지 모르겠습니다만,

2.6

나는 그 여자가 좋았다

나는 그 여자가 좋았다.
바다에 오니
바닷가를 걸으며
파도에 밀려 모인 작은 돌들을 줍자고 한다.

나는 그 여자가 좋았다.
섬 끝에 서 있는 고성을 보고
성을 한번 돌자고 한다.
무겁게 보이는 대포들은 조용히 성을 지켜보고 있었다.

나는 그 여자가 좋았다.
햇볕이 뜨거우니
침실에 가 쉬자고 한다.

침실에 돌아가면
멀리 바다를 내다보며
바닷바람에 시원히
우리는 사랑을 할 것이다.

선녀 1, 전설의 선녀

늦은 밤
집에 가는 치덧길에서
낯설은 젊은 여인을 만났는데
날개 옷을 잃었다고
찾아 달라 합니다.
고속도로에서 자동차 사고가 있어서
무릎이 아프다 합니다.
쉬어 가겠다 합니다.
밤은 깊어 가고
내 빈 집에 날개 옷은 없었습니다.

2.8

선녀 2, 날개옷

선녀의 날개 옷을 먹어 버렸습니다.
그녀는 뒤돌아 앉아 웃는지도 모릅니다.
밤은 어두워져 가고
비는 멈추지 않고 내립니다.
배가 아프지만
말없이
그녀가 돌아앉기를 기다립니다.

2.9

선녀 3, 선녀의 몸에 미칠듯 휘말려

날개 잃은 선녀의 몸에
미칠듯 휘말려 죽었는가 하면
서늘한 열대 바닷바람에
상처가 아물어
노곤히 잠든다.
영원히 잠든다.
멀리서 들려 오는 끝없는 파도 소리.

2.10

그랬으리라

그대가 말하기를
"마지막으로 그대에게 하고 싶은 말은
사랑하였으므로 행복하였노라"

그랬으리라
다시는 그러지 못하리
다시는 돌아갈 수 없으리라
그대는 떠나고
니민이 홀로 남아

그랬으리라
다시 한번 그렇다면
다시 한번 만난다면
그대는 떠나지 못하리
우리는 같이 돌아가리라

그대는 떠나고
이젠 나도 떠나야 하리라

2.11

죽은 자에게

1.
거울에 비친 그 창백한 얼굴.
한 세기를 겪어 온 해골과 같은 그림자

우리는
그대를 죽였어야 했던가?

우리는
우리의 적을 너무 닮아 가는가 보다.

2.
그대가 죽던 날
그 마지막 날
마지막 재판도 없이
그대의 고함만이 진동하던 날

우리는 들었다
감히 눈을 못 뜨고 보았다
인간의 잔인을
그대의 저주를

우리는 울었다
다들 웃었다

눈물도
소리도 없이

3.
이 계절만이 아니라
이 세기는 잔인한 계절이었다.
우리의 기억이 아직도 생생하기에.

잔인한 자여,
그대의 이름은 신이 아니었다.
그대는 나의 조사.
나의 형제,
아, 그대는 …

마지막 날이 지나고
마지막 함성이 멀어지고
새로운 세계의 새날이 오면
결코 온다고 믿기를

그 누가 우리를 사죄할 수 있으랴?

— 학생 치사 사건을 읽고 (1989. 10. 18)

2.12

술과 이 나라에 남은 잔인의 피

오늘밤 임은 취하셨습니다.
흥청하게 취하신 것을 처음 보았습니다.
끊일 줄 모르는 독백을 들었습니다.
철학도, 예술도 사기라는.
저는 생각했습니다.
그러나 고문만은 사기가 아니라고.

다들 노래를 불렀습니다.
임도 노래를 부르셨습니다.
저는 노래를 부르지 못했습니다.
저는 고문을 생각하고 있었습니다.

모든 것이 사기였어도
인간의 잔인만은 사기가 아닌 것 같습니다.
저는 고문이 두렵습니다.

술과 노래에 사기를 고백하고
오늘의 잔인을 잊을 수 있겠습니다.
저는 고문이 두렵습니다.
이 나라에 남은 잔인의 피가 두렵습니다.

2.13

거 뭐, 일장춘몽이 아니라치고

이봐,
조물주는
죽으러 가는 날
만나는 거야.
그동안 술 마시고 잘 놀아봐.
마지막 날
조물주와 담판을 지어,
한평생 잘 놀았다,
술도 좀 마셨디 —
뭐라고 그럴 거야?
거, 잘했다고 그럴 테지.
거, 뭐, 일장춘몽이 아니라치고.

— 박상규 교수의 만취한 독백을 듣고 (1989. 9. 8)

제 **3** 시집

강월도 詩集

육체의 대화

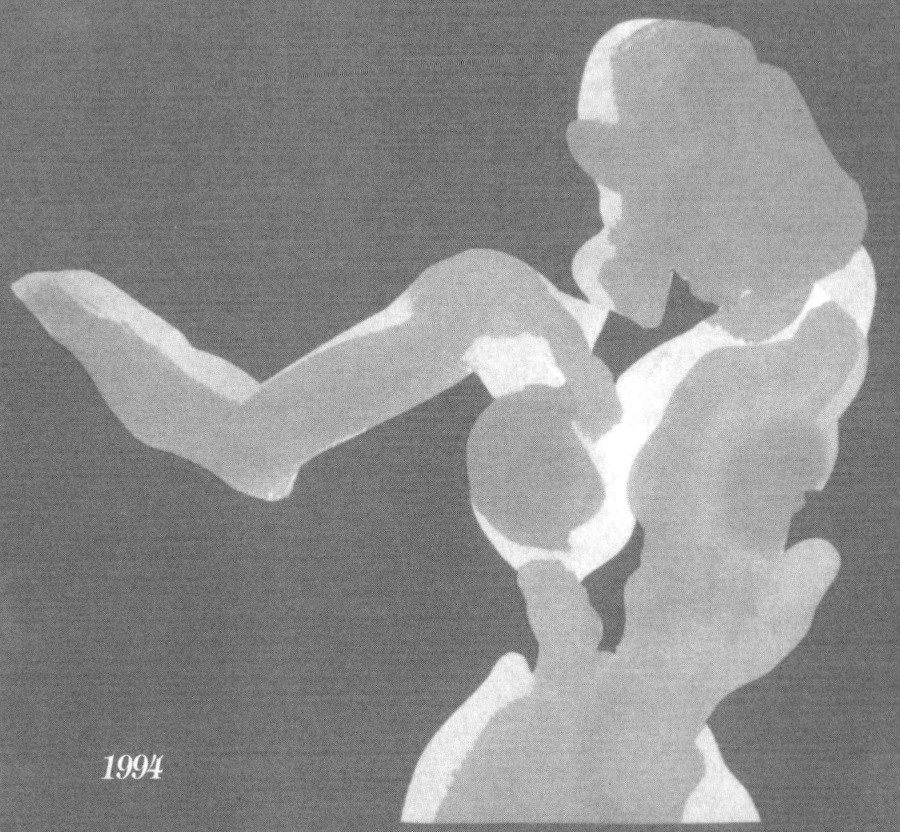

1994

3.1

개천(開天)의 신화

1.
태초의 파동 —
황홀한 자궁 속으로
만물이 꿈틀거린다.

수없는 별들이 흩어져
영원한 궤도를 찾는다.
영원히 웃는다.

욕망의 율동 —
끝없는 무대 위에서
춤을 춘다.
노래를 부른다.

아침 빛 어린 산등성이 따라
해맞이 행렬이 깃발을 휘두르고
오늘을, 신천지를 환호한다.
춤을 춘다.
오늘, 또 오늘
영원히.

2.
태초의 자궁속에서
이성의 태동 —
대화를 나눈다.
비극의 막이 올라간다.

내 목소리를 들었노라.
거울의 내 눈동자를 보듯.
내일이, 내일이 온다!
그대의 목소리를 들었노라!
영원한 행진을 계시한 자여!
아! 그대를 포옹하리,
힘껏, 죽을 듯 —
마음껏, 죽을 듯.

둥실 둥실 춤 춘다.
노래 부른다.
그리고 태초에 대화가 있었노라,
그리고 미지에 나의 죽음 —
비극도 있었노라.

3.2

승천

푸른 하늘로
구름 스쳐
수직으로
침대는 치솟는데,
움직이는 것 같지도 않은데,
확실히 푸름을 타고 치솟는데,
눈도 뜨지 않았는데,
푸른 하늘이 보이고
구름이 내 머리 위로 스쳐 간다.

두려움 모르는 아이같이
베개를 껴안고
침구의 부드러움 속으로 파고 들면,
이불이 훨 — 훨 — 날아가고
잠옷이 하나 하나 벗겨 내려간다.
발가 벗은 알몸,
쪼금만 더 자고 싶은 마음에서
나의 왕국을 꿈꾼다.
고이 잠들어 간다.

푸른 하늘은 움직이지 않고
구름은 둥둥 떠내려 가고
내 침대만이
수직으로
망망한 푸름 속으로
투명한 구름 속으로
치솟는다.

귀신의 분장

밤이 오면
귀신들은 세상에 올라 갈 차비를 한다.
거울도 없이
인간을 닮은
야한 분장을 한다.

3.4

또 한 잔

그녀는 만취에 괴롭도다.
자기는 아무 것도 모른다 한다.
자기의 모든 것을 불태워 달라 한다.
자기가 먼저 떠난다고 한다.
나는 그녀의 손을 잡고
또 한 잔의 술을 마신다.

3.5

마지막 한잔

오늘도 저승 사자는
또 나를 찾아올 것이다.
나에게 미소를 지을 것이다.

그래 가자, 그를 따라
다 버리고
훨훨 떨치고.

가자, 그래 가자,
딱 한잔만 더 끝내고
마지막 한잔을.

오늘도 대행렬은
나같은 그림자를 버려 두고
떠날 것이 아닌가!

마지막 한잔,
딱 한잔만 더 끝내고
가자, 그래 가자.

3.6

불안의 요소

모든 사물은 제자리를 찾아 가리라 믿건만

그대는,
그대만이
오, 내 맞수여,
내 운명이야,
어디로 달리려는지?
어디로 가려는지?

말이 있어도
그 뜻을 알 수가 없고
말이 없어도
듣기에 너무 괴롭기에.

그대를 기다리지 않으려오,
그대를 감히 잊으려오.

진주라 천리길

고인 물 썩기 전에
하늘로 증발한다.

한 우물만을 팠는데
벽이 무너진다.

고향길 물어 왔는데
밤 들어 길이 보인다.

뒤돌아 보지 않고
후회없이 찾아 왔는데
아, 진주라 천리길!

3.8

혜화 시인 공화국의 독립선언

서울은 너무 커다랗고 어지러운 도시입니다.
서울을 벗어나 자그마한 도시에 가서
시를 사랑하는 아름다운 사람들과 살고 싶습니다.

한국에 태어나 거기에서 살아야 할 운명으로
서울을 떠나지 못하는 운명으로
서울 한복판에
혜화 소도시 공화국을 선언합니다.

혜화 도시 공화국에서는
시를 사랑하는 사람들만이 살고 있습니다.
프라타나스로 둘러 싸인 둥그런 로터리를 둘러
북으로 시를 사랑하는 조병화 선생님이
오래오래 살고 계시고
남으로 시문화회관이 있습니다.
시를 사랑하는 사람들은
혜화동 로터리를 돌아 오고가고
시를 생각합니다, 시를 읊습니다, 시를 기억합니다.

혜화공화국은
시를 사랑하는 사람들의 독립공동체입니다.
거기에는 시를 사랑하는 아름다운 사람들만이
모여 삽니다.

1993년 9월 11일, 시문화회관 조병화 선생님의 시낭독회에서 위의 시
『혜화 시인 공화국의 독립선언』을 강월도가 낭독. 『꿈과 시』(1993년 10월
호)에 게재.

3.9

행운의 미소가 두려워
-『어제와 내일 사이에서』

빈곤과 혼돈의 땅을 벗어나
우리는 이상한 나라에서 지향없이 떠돌지요.
누가 그 저주의 땅으로 돌아가려 하겠어요?
봄이면, 쿠데타나 난투극이 판을 치고
여름이면, 가뭄과 홍수에 죽을 고비를 치르고
가을은 환멸과 절망의 계절이요,
겨울은 기아와 추위의 계절일 뿐이니.

기억에 쫓겨,
사명을 찾아,
안락과 쾌락의 유혹을 떨치지 못하고
행운의 미소가 두려워,
지구의 한 모퉁이에서 모퉁이로
떠돌 뿐이지요.

뛰어야 산다
– 『뻔데기 전』에서

계속 뛰어야 돼!
바쁜 듯,
뭐가
잘
돌아가는 듯,
뛰는거야.
쉬지말고
뛰어,
술 마시면서도
뛰어야 돼!

죽을 시간도
없이,
병이나
아플
시간도
없이,
사냥개에
쫓기는

짐승처럼
뛰어,
계속
뛰어야 돼!

뛰면 된다.
하면 된다.
해야 된다.
쉬지 말고 뛰어,
놀지 말고 뛰어,
뛰어, 뛰어
뛰면 병도 안 나고,
뛰면 총도 안 맞고,
뛰어야 산다.
뛰어야 산다.
뛰어라, 뛰어.
뛰어, 뛰어, 낙진아!

3.11

고향에 돌아가고 싶습니다
-『이승의 죄』에서

전 여기서 태어나지 않았습니다.
멀리, 멀리 태평양 건너
아침이 신선한 자그마한 나라에서 태어나
뭔가 새것을 배우겠다고
넓은 세상으로 유학을 왔습니다.
학교 공부도 끝난지 이미 오래건만
고향에 돌아가지 못했습니다.
돌아가기가 싫었습니다.

사람이, 한 고장에서 태어나
거기서 자라나고
또 거기서 살다가
거기서 죽을 것을
숙명으로 여긴다는 것은
어찌보면 기막힌 행운인지도 모르겠습니다.

나는 고향을 어린 나이에 떠나
어디에도 정착을 못하고
떠돌고 있습니다.
이민의 천국, 미국의 대도시 뉴욕에서
20년을 지냈지만

정말 내가 여기서 살다가
여기서 죽을 것이라고
감히 단언하기 어렵습니다.

어느날 머지 않아
우리는 지구를 떠나
달로, 화성으로,
더 멀리
이민 가서 살 전망이 없지 않습니다.
그때 우리 인간에게 주어진 선택은
진정 괴로울지도 모릅니다.
우리에겐 멀리 있는 것을 찾아가고
방랑하는 기질이 다분히 있습니다.
그러나 아기를 가진 여자가 느끼듯이
한번 자리잡은 제 집보다
더 편한 곳은 없을 것입니다.

이 신비의 우주 속에서
지구라는 자그마한 별에 모여 사는, 개미떼 같은
인간의 생존은 너무나 허무한 것 같습니다.
그러나 그 개미 구멍속에서도
잘난 놈은 잘났고
못난 놈은 못났고 …
그날 그날

주어진 틀 속에서
성실히, 영예롭게 살아가야 하겠건만
그 일마저 쉬운 일이 아닙니다.
우리가 상상할 수 없는
이 끝없는 우주 속에서
우리는 티끌과 같은 존재입니다.
그러나 내가 존재하는 한,
내가 의식하는 한,
나의 존재, 나의 의식을
그 무엇이 대신하겠습니까?

잠을 이루지 못하는 밤
고함을 외치면서
그 의식의 얄팍한 선을 넘어
광기의 세계로 들어서지 않는 것이
참으로 신기합니다.
자유분방한 의식을 짜매는 끄나풀을 풀고
하늘로 나는 것이 오히려 쉬울 것도 같지만
이것도 쉬운 일이 아닌가 봅니다.
우리를 이끌고 가는 이성의 빛,
그건 가냘프게 투명하면서도
질긴 섬유질인 것도 같습니다.

고향에 돌아가고 싶습니다.

돌아가 어머님을 모시고 싶습니다.
어머님이 자랑할 수 있는 아들로 돌아가고 싶습니다.
여기서 벌여 놓은 일들을 정리하고
조만간 돌아갈지도 모릅니다.
어머님, 오래 오래 사시고 기다려 주십시오.
5년 전 내 고향 서울에 돌아가 보았습니다.
서울은 내가 떠난 고향은 아니더군요.
다만 어머님만이 나더러 돌아오라 하십니다.
아무도 내가 돌아올 것을 기다리지 않습니다.
돌아간다면 그것은 나 자신의 결단이죠.

아, 어머님, 용서하십시오.
어쩌면 돌아가지 못할지도 모릅니다.
정녕 고향에 돌아가지 못하고
영원히 방랑자로,
이승에서 그리고 저승으로
이 광활한 우주를 헤메일 것 같은
예감이 드는군요.

3.12

교통 상황 놀이

이번에는 한성 경찰청에서
시내 교통 상황을 좀 전해 주시겠습니까.
김명수 리포터.

네, 다시 찾아가는 휴게소, 신동아산업 협찬입니다.
서울의 또 하루 정체 연속입니다.
지금도 남서 유방산 터널 상황은 별로 변화없이
시속 0.5㎞ 미만으로 극심한 정체 상황입니다.
또 운동장 교차로에서 대문로 6가 방향
또 상통고가도로 3가에서 통일동 방향 흐름도
둔한 상태고,
북문에서 자유문 쪽으로도 시간을 뺏기고 있습니다.
외곽도로 가운데 서남로 오작교를 지나
공항쪽으로 밀리고요,
또 서부 간선도로는 한성대교 남단을 지나
구철교 쪽으로
서행하고 있습니다.
다시 찾아 가는 휴게소, 신동아산업 협찬입니다.

이번에는 고속도로 상황을 알아보도록 하겠습니다.
도로공사 오현수 리포터.
네, 고객과 함께 전진하는 제3통신 협찬입니다.

서남 고속도로가 상대역에서 한석대교 남단쪽으로
긴 구간이 밀리고 있고요,
하행선 신원, 잠수, 반도 그리고 멍텅구리까지
정체로 이어지고 있습니다.
동남고속도로 하동 방향으로
중부 12터널에서 동서울 톨 게이트
그리고 신도시 쪽으로 부분 서행이 되고 있습니다.
영동고속도로 상행선이 섬진에서 이별,
그리고 마편 입체 교차로 지날 때
속도를 늦추고 있고,
반대 호점에서 북귀천교를 지나
이별 입체 교차로까지 서행을 하고 있는데요.
서남고속도로 도화에서 가림가는 길,
신정에서 상행선 쪽으로
각각 속도가 내려가고 있습니다.
이밖에도, 판서, 구도간 고속도로 하행선이
하서 분기점에서,
신평, 안천간 고속도로 하행선이
반향 인터체인지에서
거북이 걸음걸이를 하고 있습니다.

오늘도 지구는 움직입니다만
한국의 고속도로는 정체 연속이었습니다.
고객과 함께 전진하는 제3통신 협찬입니다.

3.13

장미여관

지지리도 못난 주제에
술은 얼큰히 취해서
장미 여관으로 가자고.

몽달 치마 속으로 치솟는 다리의 탄력을 봐서
하루 밤 축배를 올릴까 했더니
뭐, 백년 가약을 맺어야 한다고.

염병할,
내일도 모르는 이 요지경 세상에서
일년도 아니고
백년 기약이라 —

하지 못할 것 없지.
오늘 밤 지새고
내일 아침에 보면
알겠지.

제 4 시집

자유 변주곡

1권

강월도

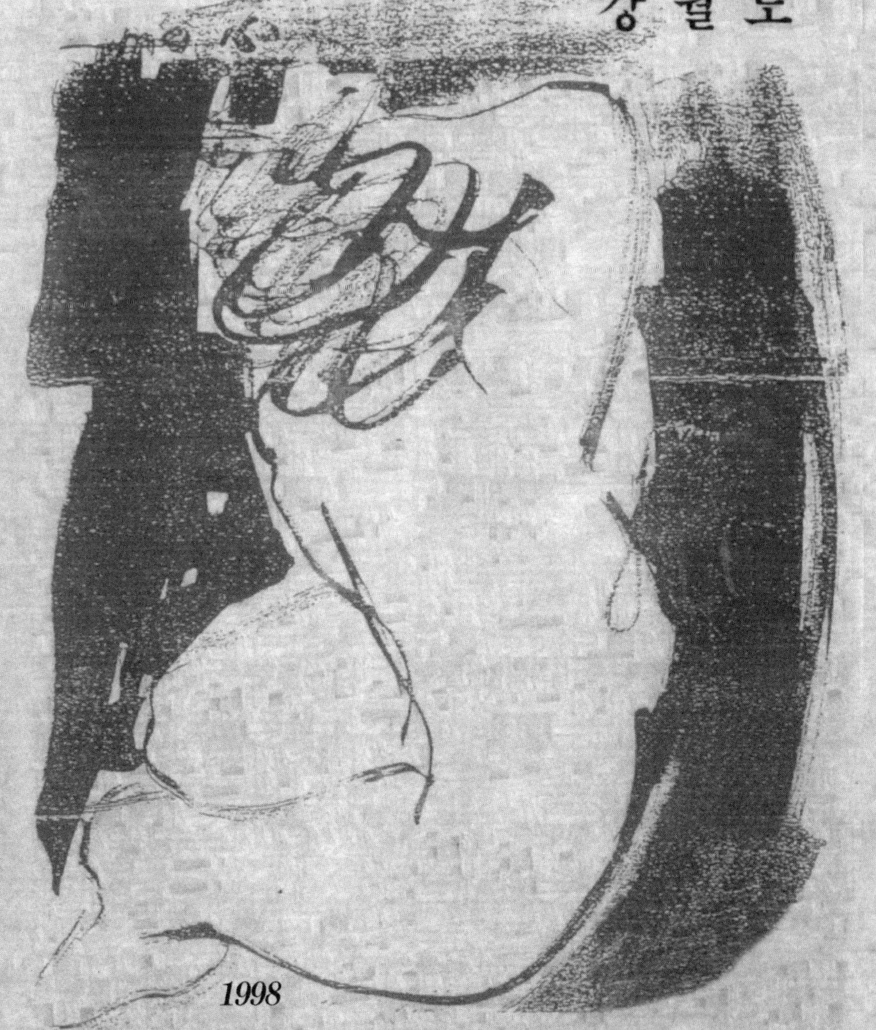

1998

4.1

〈서시〉

자유의 여신이여

꿈마다
너를 찾아
서울을,
그 고궁의 뒷길을
헤매누나.

자유의 여신이여,
너를 위해
부질없는
이 남은 바람을
바치리.

– 정아의 이름으로

(1996. 8. 15)

4.2

조금 한적한 대로의 풍경

저를 아실 겁니다.
우리가 인사를 나누지 않았던가요?

성화동 대로,
– 조금 한적한 대로이죠
거기서 한없이 버스를 기다리고 있을 때
당신은 오든가 가든가 지나 가셨고
수 없는 자동차는 꼬리를 물고 오고 가는데
기다리는 마을 버스는 오지 않고
저는 비스듬히 앞으로 기울며
보이지 않는 마을 버스를
기다리고 있었고.

당신은 오는가 가는가 지나 가고,
아직도 금방 와야 할 마을 버스는 오지 않고
아직도 기다리고 있습니다.

(1966. 8. 15)

4.3

노을지는 땅끝 돌섬

앞 바다
저 멀리 땅 끝
차도의 환호에
솟아오른 돌섬 하나.

망망한 바다 위에서
홀로
말 한 마디 없이
그 자리를 지키려는지?
그 무엇을 기다리는지?

영원히
파도에 시달리며
한 마디 절규도 없이
그 무엇을 꿈꾸고 있는지?
그 무엇을 위함인지?

노을 지는
우주의 신비 속에서
그 묵묵한 돌섬 하나,
해는 황홀히 내려간다.

단지 자기 자리에 있다는 조화일 뿐,
그 아름다움일 뿐.

(한국의 남단, 서귀포에서, 1994. 2. 17)

4.4

천지(天池)의 신화

이것이 백두산인가?
이것이 그 정상의 천지이란 말인가?

짚(Jeep)에 가만히 앉아
장백산이라는 산의 정상에 오르니
이것이 하늘에 다달은 것인가?

차에서 내려
눈얼음 섞인 돌가루 언덕을 올라
아래를 내려다 보니
이것이 천지이란 말인가?

발 밑 수면은 까마득하게 펼쳐 있고
거대한 짐승의 아가리와 같이
딱 벌린 검푸른 구멍,
이것이 저승의 입구인가?

한 발 헛디디면
모든 것은 끝나는 것인가?

(한국의 북단 백두산 정상에서, 1995. 7. 7)

4.5

평양으로

택시를 타고
마비동인가
문맹동으로 가야 했는데.

택시를 타고 –
“아저씨, 평양으로 갑시다!”라고
선심을 한 번 썼다.
그리 취하지도 않았는데.

슬슬 기어 가는 차 속에서 –
“평양!”
“38선 넘어서!”
“좋시다!”
그는 가속 페달을 한번 밟아 보는 것 같았다.

끝없는 차의 행렬 속에서
우리는 남산 터널을 빠져 나가지 못한다.
아직도 빠져 나갈 수가 없다.

4.6

수영 1, 내일은 올 것이다

오늘,
힘 내어
기분좋게
수영을 했으니
내일이 올 것이다.

내일,
또 다시 힘 내어
기분 좋게
수영을 하면
또 내일,
또 내일이 오리라.

그 날,
수영을 못 하는 날,
내일은 오지 않을 것이다.

4.7

지하의 풍경 3, 계단을 올라 가는 여자

지하철 계단을 올라 가는
여자의 등에
아기가 자고 있었다.
그는 아기가 아닌
큰 아이였다.
여자는 까마득한 층계를
조심 조심 올라가고 있었다.
그는 너무 약했고
우주는 너무 위험해 보였다.

4.8

거울 3, 어디서 또 다시 만날건가?

지하철을 타러 가는 길
어리어리한 벽에 비친 그 자는
낯설지는 않았다.
언제 우리가 만났던가?
언제, 언제 만났던가?
어디서, 어디서 만났던가?
잠시 나를 따라 오다
사라지는 그 자를
언제 또 다시 만날 건가?
어디서 또 다시 만날 건가?

4.9

그림자와의 합방조약

오늘 학교에 가려는 길
사람들은 안 보이고
정체 없는 그림자만
활보를 치고
오고 가고 있었다.
그림자들은 크고 강해 보였다.
다들 조총을 어깨에 메고 있었다.

혼자서 그림자들과 걸어 갈
생각을 하니
아찔 하다,
머리가 도는 것 같다.

그림자들이 우리 말을 할까?
영어를 더 잘 할까?
그들은 국경을 자유롭게 넘어 다니는
무게도 부피도 없는 세계인이란 말인가?
다 까무잡잡하고,
인종도 분명치 않고,
부모도 없을 것이고!

오늘은 무슨 날인가?
제성절(Halloween)도 아니고,
성탄절도 아니고,
내 생일도 아니고 –

오늘은 그림자가
우리 나라를 강탈한
'합방 조약의 날'이라 한다.

4.10

선녀 4, 가까이서, 멀리서

선녀가 천상의 노래를 하면
가까이서는 안들리는데
멀리서 잘 들린다지요.

하늘의 무희가 구름춤을 추면
가까이서는 안 보이는데
멀리서 잘 보인다지요.

하늘의 미녀, 그녀가 속삭이면
밤에 자기 침실로 오라, 속삭이면!
가까이서는 들리지만
멀리서 들을 수가 없다 하는데 —

옷을 찾는 선녀는
가슴과 배꼽을 손으로 가리고
울음 섞인 어린 소녀의 목소리로
내게 애원하듯 속삭였죠.
내세에 천사로 태어나 같이 살 것을 기약하라고.

바위 뒤에 숨긴 부드러운 하얀 옷을 돌려 주고

내세에 천사로 태어나 다시 만나기를 기약했지요.
마을로 돌아 오는 길,
승천하는 선녀는 노래를 부르고 춤을 추었지요.

나는 보았지요, 웃으며 기쁘게 노래를 부르고 춤을
추는 그녀를,
멀리서.

(1996. 8. 17)

<hr>
*월간「춤」(1998년 2월호)의 "권두시"에서 발췌.

4.11

우리를 닮은 자들

나는 소를 먹었고
삼치를 먹었다.
그만 먹었으면
좋겠는데
얼마 있으면
또 배가 고플 것이고
그러면 또 먹을 것이 아닌가.

우리는 돼지를 먹고
닭을 잡아 먹는다.
토끼를 먹고
개, 고양이
송아지, 영계
원숭이 머리통,
곰 쓸개,
소 꼬리,
코끼리 발바닥,
잘 먹는다.

그들은 너무나 우리를 닮았는데
우리가 그래도 되는 건지…

4.12

결혼한 수녀

그녀의 남편은
오늘도 만취해
십자가에 올라가
벌거벗고
피를 흘렸다.

그녀는 십자가 밑에 엎드려
통곡을 하였다.
인간을 구제할 수 없으니
술을 끊고
담배를 끊고
술집에 가지 말고
집에 일찍 들어오라고.

그녀는 눈물을 닦지 않고
기도를 계속 올렸다.
인류를 위해,
가정을 평화를 위해,
하룻밤을 위로하기 위해.

(1996. 8. 17)

4.13

스타 1, 눈에 보이지 않는 동물

아름다운 색시들은
내가 사는 주변에 보이지가 않는다.

내 눈이 별로 나쁘지도 않는데
볼 것은 다 보고
먹을 것도 다 잘 찾아 먹고
길도 잘 찾아 가는데
아름다운 색시를 나는 보지 못했다.

그들은 너와 내가 사는 동네에는 안 살고
텔레비젼 속에서
영화 스크린 뒤에서
연극 무대 안에서
산다니!

아름다운 별들,
환상의 스타들,
그들은 별과 같이 하늘에 사는가?
인간이 아닌가 보다
너와 나와 같은.
내 눈에는 실물이, 그 동물이 보이지 않으니.

(1996. 8. 15)

4.14

유방의 랩소디 1, 자유의 여신

자유의 여신!
오, 자유의 여신이여!
왜 그대는 부푼 가슴을 밀고 행진하는가?

자유의 여신이여!
혁명을 위해
깃발을 들고
목숨을 바치러
행렬의 선두에 행진하며,

옷이 없다고
추운 파리의 광장에서
노출된 가슴으로
누구를 주눅들게 하는가?

혁명은 아직 끝나지 않았고
그대는 어디로 가는가?

(1996. 8. 15)

4.15

유방의 랩소디 14, 아기를 위한 모유
─ 유방은 독립된 주체인가?

생물의 공화국에서
유방이 독립 선언을 한다면,
누가 반대하랴?
그 누가 반격을 가할 것인가?

두뇌는 구름 위에서 중립을 지킬 것이고
발은 진탕에서 허덕이며 상관하지 않을 것이다.
눈도, 코도, 귀도, 입도 이해한다 하며 지원하는 편이고
손이 좀 틀어져 반대하는 것 같은데
은근히 멀리만 가지 말라고 속삭였다.
배꼽, 무릎, 엉덩이, 불알, 뒷구멍은 전투의 옛 동지로
분노했으나,
용서할 뜻을 전했다.

뜻밖에도
뱃 속에, 아니, 자궁 안에서 놀던 아기,
이제 겨우 5개월 난 놈이
발길질 치며
반격을 시작하는 것이었다.

아기는 장래가 걱정됐다.

유방이 독립해 걸어 나가면
자기가 한 4개월 후 세상에 나갔을 때,
모유도 없이
어떻게 하자는 것인지!
묻고 싶었다.

반기를 들었다.
반격을 가했다.

"유방은 자제하라!
유방 독립, 절대 반대! 절대 반대!
유방은 각성하라!
공화국의 발전과 안전을 위해
유방은 포기하라!
반성하라!"

"유방은 공동체를 배신할 수 없다!
 우주의 쾌락을 위해,
 아기의 수유를 위해,
 합방을 서약하라!
 합방하라!"

4.16

여인의 혼이 잠자고 있는 터널

내가 너에게 말하지 –
나야 한평생 살았고
먹을 것, 다 먹어 보고
볼 것, 다 보고
배울 것, 다 훑어보고.

너야 아직 애숭이지 –
뭘 봤어?
뭘 먹어 봤니?
밥 말고!

여자의 벌거벗은 가슴을 봤어?
그걸 봐야지!
여자의 혼이 숨어 있는 터널은?
여자가 흘리는 피는?

한가지 충고의 말을 주지 –
평생 잊어서는 안되지,
즐겁게 살려면.

여인의 혼이 숨어 있는 터널은
신비롭고 성스러운 곳이야.
거기를 찾아 가려면
날(days)이 가고,
거기를 정말 가고픈 날이 오면
거기는 입으로 찾아가야 하는 거야,
눈으로는 찾아 갈 수 없어!
눈은 쓸모 없어.

거기는 어둡거든,
따스하고 잠잠한 동굴 같이
캄캄해.
생명의 자궁으로 들어가는 터널은,
사랑하는 여인의 혼이 잠자고 있는 거기는.

4.17

사랑과 불

시간은
불 같이,
우리의 정열과 고뇌는
사랑의 불 같이,
타고
불 지른다.

불은 사랑과 같이,
타 오른다,
타 번진다,
타고 꺼지고
타고 미친 듯
태워
휩쓸어 올린다,
휩쓸어 내린다.

4.18

밤의 콜로세움(Colosseum) 2, 전설의 고양이

밤에 찾은
로마의 콜로세움에
들어갈 수는 없었으나
철조망 사이로
2,000년 전
환호의 군중과 로마 제국의 황제가
들린다.

2,000년의 어두움 속에서
늙은 고양이 한 마리가
2,000년의 역사를 살아 남은 괴물의 그림자와 같이
발도 없는 듯 굴러 나와
지나 가는 고객을 피해
2,000년 묵은 어두움의 구멍으로
사라진다.

4.19

폼페이(Pompeii)의 2,000년 늙은 개

구름 한 점 없는 망망한 푸름 아래
황토색 폐허는
뜨거운 햇살에
다시 한번
바싹 말라간다.

군중 속에서
줄을 따라
먼지가 이는 폐허를
땀을 흘리면서
돌고 돌고 있었다.

2,000년 전 잿더미에서 살아나
그 오랜 역사를 살아 남은 검은 개 한 마리가
어슬렁거리며
그늘에서 나와
그늘을 찾아간다.

4.20

폼페이(Pompeii) 페허에 살아 남은 벽화

그들은 아름다운 벽화를 그렸다고
제우스(Zeus)의 분노를 사서
얼음같이 찬 재의 천벌을 받았다니!

벽화가 거짓말을 못한다면,
폼페이 조상들은
문명인답게
침실의 아름다운 풍경을 그렸을 뿐.

여인은 누워 있는 남성 위에서,
남성은 굽어 앉은 여인의 엉덩이 뒤에서,
여자, 남자 서로 안고 앉아서,
그들은 2,000년 떨어지지 못하고

남자는 호령을 하는,
여인은 소리치는,
2,000년 쾌락의 흥분을,
나는 듣는다.

4.21

생환 2, 덤으로 사는 이 순간, 순간

오늘 투숙한 호텔 수영장에서
수영을 하는데
갑자기 내려간다고 느꼈다.
수영장의 깊이를 모르는데
계속 내려간다고 느꼈다.
아, 조금만 힘을 내면!
아, 바닥에 닿으면 확! 밀고 오르리라!
아, 힘을 내자!

공기 방울이 수상으로 올라가고 –
물을 삼키지 않아야 했는데
숨은 쉬어야겠는데 …

잠시 후
아니, 영원한 순간의 연속 속에서
나는 수영장 옆 잔디에 누워 있었다.
– 아, 힘을 내어 수영해 나가야 하는데 …
누가 나를 끌고 나왔단 말인가?
– 아, 헤엄쳐 솟아올라야 하는데 …

많은 낯선 눈들이 나를 내려보고 있었다.
일어나려 했다.

생환 2, 덤으로 사는 이 순간, 순간

가만히 더 누워 있으라 한다.
내가 잠시 숨을 멈추었던가?
누가 수영장 바닥에 편히 누운 나를 끌어 올렸단 말인가?
누가 수영장에 떠도는 나를 건져냈단 말인가?

저승은 없었다.
잠시 숨을 거두었고
내가 의식을 끝냈을 뿐이었다.
지구는,
우주는
계속
돌고 있었다.

아, 다시 숨을 쉬다니!
아, 다시 시작한다니!
덤으로 사는 이 순간, 순간,
누구에게 감사해야 하나?

홀로 4, 나는 멀리 여행을 떠나야 했고

혼자 있을 땐
같이 있을 수 없었고,

같이 있을 땐
혼자 있고 싶고
혼자 멀리 떠나고 싶고,

혼자 있을 땐
지난 날이 아름답고
그대의 귀향은 내일을 두렵게 하고,

혼자 있을 땐
그대가 그립고,

그대가 돌아 오는 날
나는 멀리 여행을 떠나야 했고.

4.23

개 새끼, 파시오.

개 파시오!
개 삽니다!
개나 고양이 파시오!

개 파시오!
고양이 파시요!
개 같은 놈 삽니다.
고양이 같은 년 삽니다.

개 새끼, 파시요.
고양이 년, 파시오.
삽니다,
다 삽니다,
다 파시오!

4.24

이 세상에 없는 필수품 세 가지

이 세상에서는
도망쳐 나갈 수가 없대요.

이 세상에서는
돌이킬 수 있는 일은 아무 것도 없대요.

이 세상에서는
사는가 죽는가, 선택의 여지가 없대요.

4.25

올림픽 놀이 4, 거인의 마지막 승리

그는 끈질기게 덤벼 들었다,
쉬지 않고 추격했다.
그의 성은 "타",
이름은 "상어"였다.

하지만 그의 적수는 다리를 내주지 않았다.
어느새 종료 종은 울렸다.
청춘을 온통 체육의 제전에 바친
그의 마지막 무대는
그렇게 싱겁게 끝나 버렸다.

1차전 상대는
세계 선수권자 "독수리",
그리고 패자 부활전에 맞붙은 상대는
바르셀로나 올림픽 금상 수장자 "꿈"
두 상대에 단 1점도 얻지 못했다.
피가 끓던 23살 엘 애이(L. A.)에서 시작한 대장정이
12년만에 비참하게 끝났다.

94년 히로시마 아시안 게임에서 금상을 딴 후
아내는 은퇴를 원했다.

그러나 84년 5위
88년 동상,

92년 4위,
정상 바로 뒤에서
번번히 좌절당한 올림픽 정상의 미련이
"상어"에게는 너무 컸다.

"서해 상어"라는 말을 들으며
"마지막 금상"을 노렸는데
지나친 의욕에서
훈련 시간을 늘리는 바람에
목이 부어 아팠던
며칠이 탈이었다.

아빠가 세상에서 가장 힘센 사람인 줄 아는
큰 아들은
올림픽 경기 다음 날 녹화 테이프를 보며
엄마에게 자꾸만 물어봤다.
"아빠 진 거야?"
"아빠 지신 거야?"

무적의 거인 아빠의 패배에
아들은 한동안 울음을 그치지 못했다.

그러나 아들은 아빠가 전화했을 때
이렇게 말했다.
"아빠, 저는 아빠가 올림픽에 네 번이나 나간 것만으로도
너무나 자랑스러워요.
옆집 만수 아빠는 한번도 못 나갔으면서
술만 마시잖아요!"

애기인 줄로만 알았던 맏아들의 대견스런 위로에
집을 떠나 멀리 이상한 나라에서
혼을 잃은 아빠는
목이 메었다.
"이제는 끝났다!"
그는 말없이 말했다.

옆방에서 자는 동료,
- 그도 올림픽은 이제 끝났다고 떠들다 잠들었다.
그를 깨워,
선수촌을 빠져나와
술집을 찾았다.

4.26

노을 따라 홀로 떠나리니
– 원제 : 서해 수장

1.
한 해, 한 해
너무 오래 머물은 이 도시를 떠나
기억에서 멀어져가는
바닷가 고향에 돌아가리니.

망망한 대해를 내려 보는 옛 집에 돌아가
다시 바다와 살으리.
다시 시작해 보으리.
해도 달도 헤아리지 말고
끝없이 파도 이는 바다와 같이
무궁 무궁 살으리.

2.
아, 하늘과의 언약을 어기지 못한다면
그 날이 올 것이요,
그 날이 오면
낡은 펜 나란히 모아 놓고
이웃집 박서방과 술 한 잔 나누고
배를 몰고 나가
노을 따라 홀로 떠나리니.

마른 가지 쌓아 올려
두터운 솜이불 펴 놓고
석유 불 태우고는
마지막 술 한 잔 들어
오래 오래, 너무 오래 머문 이 젖은 땅에
축배를 올리리.

붉게 물들어 가는 이불 위에
비스듬이 누워
때묻은 파이프 물어 피우며
노을 따라 흘러가리.

활 활 타는 불 속에서
마지막 한 잔을,
또 마지막 한 잔을.

(1996. 8. 17)

4.27

자유 길

자유에로 가는 길,
자유롭게 가는 길,
자유의 길,
어딘가 꼭 있는데,
길 하나는 아니고
길 둘도 아니고
길이 없는 것도 같으니!

길을 새로 닦아야 하고
자유에로 가는 길,
자유롭게 가는 길,
자유의 길로
새로 닦아 가는 길이니!

새로 닦아 가는 길,
자유롭게,
자유를 위해,
자유 길!

제5시집

사랑 무한

강월도

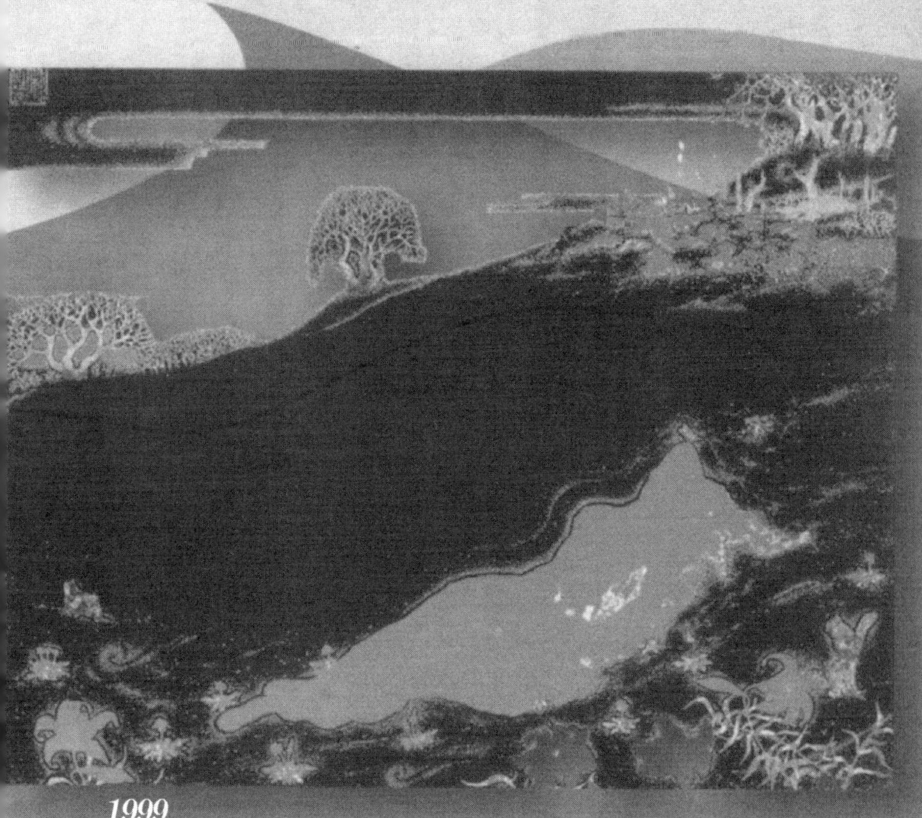

1999

5.1

편지와 시

나는 너에게 편지를 쓸 수 없어.
그 무엇이든,
그 무엇인지
내 가슴을 가볍게 하는 것도
한 수의 시로 둔갑을 하니.
내가 너에게 바치려던 한다발의 꽃,
알과 몸,
다 허상의 한 싯구로
무겁게 가라앉으니.

5.2

오늘의 운세

오늘도
일간지의 "운세"를 읽어보고
너의 하루를 생각해 본다.

마음을 가다듬고
최선을 다 하라.
돌 속에 새 보살이 보일 거라.

5.3

지구 착륙 소감

내가 지구에 착륙했을 때는
벌거벗은 피 덩어리였다네.
춥고 숨도 못 쉬고 죽을 것만 같았네.
그때야 힘 없는 난쟁이가 아니었던가.

거대한 백의의 여인은 나를 거꾸로 들고
엉덩이를 탁 탁 치지 않겠나.
숨이 탁 터지고 시원한데,
엉덩이가 아팠어.
에라, 심보가 나서,
아니지, 새로운 천지가 두려웠나 보지,
소리쳐 울었다네,
앙, 앙 소리쳐 실컷 울어댔지.

5.4

방문
– 원제 : 문도 창도 없는 집

자네 주소를 찾아가,
자네 집을 물끄러미 쳐다보다
자네를 부를까 하다
그냥 돌아왔네 그려.
답이 없더군.

자네, 깊은 잠에서 깨어 날까 하고
기다려 볼까 하다
바위에 걸터 앉아
시 한 수도 끝맺지 못하고
그냥 돌아왔네 그려.
먹구름이 해를 삼켰더군.

떠나기 전
자네를 다시 불러 보지도 않고
자네, 깊이 잠들었으리 생각하고
더 기다려 볼까 하다
그냥 돌아왔네 그려.
자네 집엔 문도 창도 없더군.

---

*원본: "그대와 가까이 있겠다는 마음에서 오늘 오후 그대 집 건너 카페/
카페에 와서 냉커피를 마시고 땀을 닦고 시 한수를 쓰고 돌아 왔지."
(1997. 8. 31)

5.5

너, 뭐라 했지?

너, 외롭다 했어?
그건, 게을러졌다는 말이지.
다시 시작해 봐.

너, 허망하다 했어?
그건, 욕망이 시들어간다는 말이지.
다시 생각해 봐.

너, 괴롭다고 했어?
그건, 더 열심히 살라는 말이지.
괴로움이 끝나는 날
우리는 떠날 준비를 해야겠지.

너, 떠나고 싶다고?
그래, 가자,
괴로움이 끝나리라 바라지 말아야겠지만
다시 한번 시작해 봐.

너, 오줌 마렵다고?
그래, 떠나기 전
가서, 쉬 – 해.
시원하게, 싸.

5.6

구멍가게

다들
구멍만한 구멍가게 하나를
덫처럼 차려 놓고
파리가 굴러 떨어지기를 기다린다.

너무 큰 짐승은 세무서에 걸리니
별로 반갑지 않았다.
구멍가게는 구멍답게
작은 황금의 파리가 좋았다.

다들
무더위에 땀을 흘리며
땀에 젖은 파리가 굴러 떨어지기를 기다린다.

다들
덫에 걸린 파리가 숨을 거두기도 전에
군침을 흘리며 황금 조각을 센다,
세고 또 센다.

매상이 얼마지?
또 하루 헛탕친 거야?

---

*『순수 문학』(1998년 12월호)의 "올해의 시"에서 발췌.

5.7

불꽃 여정

무르익어 가는 7월
대륙 열기로 피어 타오르는 불꽃 여정,
멈추지 않고
멈추지 못하고
하늘 끝까지,
끝까지 가는 것이라고.

칠흙 같은 어두움 속에서
가슴에 가슴, 불태우고
품으로, 품으로 미칠 듯 안겨들어
심장의 박동에,
희열의 파장에,
인생, 그 절정의 순간,
새 생명이 꿈틀거리는 순간,
자궁에서 타 올라 …
그래, 안다,
그래 소멸하고
그래 다시 태어나는 것이라고.

불꽃 여정, 멈추지 않고,
지평선 끝으로,
하늘 끝까지
간다,
우리는 ……

---

*시작 후기: 1. 한 여인은 백년 '끝까지' 가자고 했다.
　　　　　또 한 여인은 하룻 밤 '끝까지' 가서는 안된다고 했다.
　　　2. 사회의 윤리는 당신을 두레 안에서 감싸준다.
　　　　　'불' 의 여정은 국경을 넘어 미지의 광야를 달린다.
　　　3. 인생은 무수한 별들과 같이 보이지 않는 한 점의 순간!
　　　　　아, 인생 절정의 순간, 끝없이 솟아오르는 사랑의 분출,
　　　　　불타는 태양과 같이 무궁무궁하리.

5.8

사랑과 가약

우리는 사랑을 했어.
우리는 가약을 맺었어.
가약을 맺고
또 맺고
또 다짐하고.

흥분된 마음으로
사랑을 하고
흥분이 가라 앉기 전에
백년 가약을 맺었어.

가약을 지키기는 힘들거야.
사랑을 지키기는 쉬울거야.
아니, 더 힘들지도 모르지.
아니, 두고 보아야 알겠지.

가약은, 백년 지킬거고,
사랑은, 그날 그날 두고 볼거라!
약속만은 지켜야 하고,
사랑은,
약속 전에,
약속 없이
사랑, 사랑 하리.

5.9

황야가 탄다

생쥐들은
다들
인간처럼 모여 사는
장 안이 좋다고 한다.

끝 없는 바다가 무섭다고 한다,
황야의 신대륙이 없다고 한다.

바다 건너 멀리
신대륙의 황야를 달렸다는 늙은 생쥐 한 마리는
화물선 바닥에 숨어
고향에 돌아왔다.

폭음의 열기가
들창 밖에서 춤을 춘다.
냉방 앞에 앉은, 손자도 없는 그 할 – 아버지는
배가 아직 고프지 않다고 한다.

배가 고프면
언덕을 내려가
장안의 인간들을 만나야 한다.
아니, 생쥐들을.

바다가 보인다.
황야를 달린다.
배가 고프다.

바다를 달린다.
황야가 탄다.

5.10

내일의 기약 없이

오늘도 적막 속에서
나만이 잠드는 방에서 잠든다.
내일의 기약 없이,
작별 없이.
그것이 마지막 순간,
이 세상을 떠나는 순간이기에.

결국 아무도 옆에 있을 수 없었고
결국 아무도 부를 수 없었고
죽은 듯한 적막 속에서
지난 날의 "찹쌀 떡, 메밀 묵 — "
멀리서 다시 울리는 듯하다.
그것이 마지막 순간,
이 세상을 작별하는 순간일 거라.

5.11

커피와 사랑

커피가 삼천냥이라고!
삼천냥이 없으면,
물도 마시지 말고
물러 가라고!

사랑이 몇 만냥이라고!
몇 만냥이 없으면,
침도 흘리지 말고,
바닥에 입드려 절도 하지 말고
돌아 가라고!

작년에 갔던 각설이
죽지도 못해 또 돌아와도
커피와 사랑은
몇 천냥, 몇 만냥 없으면
깡통에 담아 갈 수 없다고!

5.12

바보 1, 바보와 천재

바다를 물고기와 같이 누비고
하늘을 하늘새와 같이 종횡무진 날고 싶다니!
너야말로 바보 인간일세.

천재 인간은
바다의 물고기와 같이,
하늘의 하늘새와 같이,
바다와 하늘을 누비거늘,
아무 한 없이,
별 규제 없이.

5.13

춤을 추리
– 원제 : 춤을 시작하기 위한 여정

가자, 나가자,
빛을 찾아서,
찬란한 율동의 세상을 찾아서 –

돌려, 머리를,
위로, 아니, 아래로,
가자, 밀고 나가자!

아물 아물하던 몽롱의 어두움도 끝나고
터널의 끝이 보인다.
밀자, 한번만 더!

아! 빛이여!
눈부신 찬란이여!
이제 새 세상에 왔구나!
오래 꿈꾸던 신천지여!

아 ~ 가자, 밀고 나가자!
숨이 터진다,
눈물이 터진다,

힘차게 울어 보자.
아뿔사, 두 발이 허공에서 노는구나!

일어나, 신천지를 딛고 일어나
춤을 추리,
둥실 둥실 춤을 추리라.
한 세상 살어리랐다!

---

* '98 젊은 무용가 초청 공연' (월간 「춤」 주관, 1998. 7. 8) 프로그램의
  권두 '축시' 에서 발췌.

제 6시집

마지막 유혹

강 월 도

2001

6.1

머리와 발 없는 몸체

까만 무대 배경에
흑인 같이 까맣게 분장을 하고
무대 바닥을 스치는,
수녀복과 같은
하얀 망토를 한 무용수들이 움직인다.

머리도 없고
발도 없는
하얀 몸체들이
돌아 돌아
오고 간다.

---

* 월간 「춤」(2001. 6월호)의 '권두시' 에서 발췌.

6.2

불치병 1, 세월

가는 세월,
누가 막을 수 있으랴.

그건 병도 아니거늘,
그게 불치병이라니.

불치병 1, 세월

6.3

불치병 2, 끝났다는 것

죽는다는 것,
이는 전혀 당신이 생각하는
처절한 병이 아닙니다.
살다보면 다가오는 것,
끝나는 것입니다.

다, 다 끝났다는 것,
미련은 미련한 것일 뿐.

6.4

불치병 3, 니가 니 죄를 알렸다!

우리는 우리의 죄를 모릅니다.
우리는 결백합니다.
우리는 우리의 불치병을 병인 줄 모르고

병이 아니요,
불치병도 아니요, 생각하지만

알고 보면,
우리 모두 불치병을 하루 하루 살아 간다는 것을
어떻게 부인할 수 있을까요.

나이를 먹고
벗들은 떠나고,
그리고 죽는다는 것은
이게 병도 아니고
더, 더군다나 전염성 불치병도 아닌데,
이건 전혀 병이 아닌데…

때가 오면
그 때가 확실히 오고,
이게 바로 우리의 운명적 불치병이였으니,
우리 모두 끝내야 하니.

무슨 죄입니까?
우리는 우리 죄를 모릅니다.
우리는 순진합니다.

불치병 4, 불행 중 다행

우리 다 결국 불치병으로 끝날 것인데
다행히도 이게 전염병이 아니고
우리의 유전자적 숙명이라 하니
불행 중 다행입니다.

전염병이었다면
우리의 그렇게 다 사랑스럽지 않은 피붙이들을,
우리의 그렇게 다 친절하지 않은 이웃들을
우리의 적으로 경계하게 하였을 것입니다.

그리고
우리 다 살인으로 죽지 않고
우리 다 결식으로 죽지 않고
우리 다 자살을 하지 않아도 좋으니
다행입니다.

불치병 5, 건강하신 당신

건강하신 당신,
가엾은 인간들이 다들 불치병으로 죽어간다고
자기만을 위해 뒤로 돌아서 미소를 지으며 위로하지 마시고,
또 너무 슬피 소리내어 울지도 마십시오.

다들 의사를 찾아가
약을 먹고
운동을 하고
치유하는 법을 찾고 있으니,

건강하신 당신,
언제 피를 이웃에 나누어 주셨는지요?
언제 신장을 이웃에 잘라 주셨는지?

그리고 언제 아름다운 이웃과 사랑을 하셨는지?

6.7

불치병 6, 다 찼다는 것

내 나이,
아니, 다들 "연세가 어떻게 되시는지,"라고 말하는데,
정년 퇴직을 하였으니
연세가 짐작이 가겠고
살만큼 살았으니 물러나라,
돌아가라, 그 말인데,

그래, 사실, 모든 것이 한 십 년만 더 젊었다면
다시 시작해 볼 수 있는 계산이 나오는데,
그 아무 것도 아니었던 십 년,
그냥 멋없이 지나간 십 년,
이제는 절대로 되찾을 수 없다니,
십 년 너무 늦었다니,
내 나이, 다 찼다는 것이다.
불치병의 증세가 너무 확연하다는 것이다.

6.8

불치병 7, 단점

불치병의 장점은 무엇인지 잘 모르겠으나,
단점은 다른 치유할 수 있는 병을 예방한다는 것이다.
그래 재미가 없다는 것이다.

6.9

공원 벤치에 누워
— 파킨슨 이야기 7

다리가 떨리고
피곤해
공원 벤치에 누워
얼굴을 신문으로 덮고
편히 쉬었는데
이제 일어날까 했더니
일어날 수가 없는 것이다.
꼭 카프카의 벌레와 같이
두 손과 두 다리를 허공에서
놀릴 수 있으나
다리와 허리에 힘이 없고
일어나지를 못하는 것이다.

푸른 하늘은 높고
나무는 하늘로 치솟는데
나는 등에 편히 쉬면서
일어나지를 못했다.

누구를 불러야 했는데
움직이는 인간이 보이지 않았다.

어린아이들이 지나갔으나
그들은 도움이 될 수 없었고
한 젊은 여인이 지나갔는데
부를 수가 없었다.

어느 힘있는 자가 지나갈 법한데
그는 보이지 않았나.
아직 해는 구름 위로 떠 있으나
어둡기 전에
누가 지나가다 도와 주겠지.

등으로 벤치를
밀어 봐도
무릎의 근육이 일어서질 않는다.

누가 곧 와서
손을 주겠지.*

---

* 월간 일러스트(2001. 4월호)에서 발췌.

6.10

고요한 밤 1, 잔인한 우주
- 파킨슨 이야기 8

- 당신은 신사이십니까?

아프지 않으니
신사병이라고 말했는데,

한 순간,
한 영원한 순간
일어서지 못하고
움직이지 못할 때
움직이지 않는 우주는 너무 잔인했고,

옆에 있지 않은 자가
그리웠다하고 말하겠는데,

한 순간,
한 영원한 순간
옆에 있지 못하는 자,
옆에 있지 않은 자, 너무 그리웠고

움직이지 않은 우주는 너무나 고요했다.

고요한 한 순간,
영원한 한 순간.

(2000. 11. 13)

6.11

선녀 5, 좌우명

절대로,
절대로,
선녀에게
다시는
옷을 돌려 주지 말으리.

6.12

고양이 소리

집을 찾아 오는 고양이 소리인가?
밤은 깊어 가는데
님은 떠났고
하얀 눈이 내린다.

6.13

자시지 1
– 도는 이야기 4

먹어? 먹어?
자시지.

6.14

자시지 2
– 도는 이야기 5

끝내 줄까요?
죽여, 죽여!
자시지.

3억의 할머니
– 성북동 이야기 1

날씨가 쌀쌀한 초겨울 늦은 오후
성북동 대로 등받이가 없는 나무 의자에 앉아
저녁 식사를 위해 어느 음식점을 찾아갈까 망설이며
조촐한 기분에서 글을 쓰고 있었던가.

그 옆에 허리가 꾸부정한, 쪼그라 들어가는 할머니 한 분이
신문지 등, 넝마를 모아 정리하고 있지 않은가!
신문에서 그녀에 대해 읽어 보지 않았던가!
넝마를 모아 평생 저축한 3억원을
소년 소녀 가장에게 장학금으로 주었다고!

이곳에 내가 분명 먼저 와서 글을 쓰고 있었는데
언제 이 3억의 할머니가 종이 나부랭이를 들고 와
구루마에 정리하며 먼지를 날리며 부산한지 모를 일이지.
왜 하필 내가 글을 쓰고 있는 이 모퉁이에
허리가 꾸부정한 3억의 할머니가 먼지를 털고
힘든 모습을 보이는지,
하고 세상을 개탄한답시고
주머니에서 파이프를 꺼내 물고 성냥을 켜 연초를 피웠던가.

옆에 있는 구차한 3억의 할머니를 다시 보니

그녀는 간데 온데 없이 보이지 않았네.

"할머니, 날씨가 찬데요."

6.16

선택된 두 개의 모자

나에게 모자가 두 개 있네.
하나는 푸르스름한데
봄과 여름철을 위한 것이고,
또 하나는 까망색인데,
가을과 겨울철에 쓰지.
이 두 모자들이 딱 내 머리에 맞아.

"어쩐지 좋아, 어쩐지 마음에 들어."
그 옛노래 말대로.

사실 나에게는 옷장에 쌓아둔 모자가 많지.
다들 좀 쓰다 친구에게 줄 수도 없어
남은 것들일세.

내 지론은 맞는 모자 하나를 구하기 위해
한 10개는 구해 써보다 버리게 된다는 것이야.

두 선택된 모자와 내 인생,
다행히 말이 많지 않아 별 말썽이 없지.
두 개의 모자를 골라
조용히 살아 간다네.

두 위상의 마누라가 아니라.

6.17

그것일 뿐

1.
말해서 뭘하랴,
말일 뿐.
그, 그 말 많은 말들,
과학,
법,
소설,
시,
음악,
춤,
미술이거늘.

날개를 원해봤자 뭘하랴.
비행기는 너무 거추장스러울 뿐.

해변가에 죽어 쓰러진 새들,
하늘을 누비며 날았거늘.

2.
아, 죽을 때 죽어도
날개를 펼치고
하늘을 끝없이 누볐다니.

아,우리 말일 뿐!
하지만 우주를 위해,
영원을 위해
말을 한다니!
말일 뿐이라도
그것일 뿐.

6.18

플라토닉 사랑의 신화

1.
"우리가 플라토닉 연인이라고요? 그래서 정신적으로, 육체적으로 지저분하게 사랑할 수는 없다고요. 오로지, 순수하게, 깨끗하게, 그 자체로 끝나게. 뭐 창녀같이 보상을 기대한다든지, 권력의 호의를 요구한다든지, 그래서는 안된다고요."

"다만 육체적으로, 정신적으로 순수하게, 깨끗하게, 그 자체로 끝나는 육체적, 정신적 사랑을 하는 것이라고요."

"네, 그래요. 정신적으로 순수하게, 육체적으로 순수하게, 그 자체로 끝나는 사랑. 성춘향과 이도령은 플라토닉 연인이 아니었지. 춘향이는 백년가약을 요구했고… 수녀가 하느님을, 예수를 사랑한다는 것도 플라토닉 사랑이 아니지. 그들은 천상의 보상을 기대하고 있으니."

"플라토닉 사랑은 지상에 사는 인간들의, 인간들과의 순수 사랑이거든. 지상에서 인간은 기본 본능, 생명력과 능력으로 살아가는 것이고, 사랑은 이를 승화하는

것이지. 순수한 사랑에 어떠한 외적인 조건이나 요구
를 결부 시켜서는 안되지.”

“순수 플라토닉 사랑은 정신적/육체적 이분의 문제가
아니고 사랑의 순수성에 있는 거지. 지상의 인간에 사
랑이 인간의 기본 생명력, 능력은 권장하고 승화하는
가, 건전하게 고취하는가, 이것이 플라토닉 사랑의 기
본 요소이지.”

“사랑은 아름다움을,
살아있는 것을 잘 살게 하고
더 활기차게 살게 하는 것,
그것이 아름다움의 사랑이지,
조화의 사랑.”*

---

*『교수신문』(2001. 2. 19)에서 발췌.

6.19

고려장에 대한 신화

"우리 나라에 고려장을 다시 시작하는 것 같네.
이 추운 겨울 날씨에 늙은 부모를 길에다 내버린다
니."

"자네, 고려장이 정말 무엇이었는지 아나? 우리가 생
각하고 있는 고려장은 진짜 고려 시절의 고려장이 아
니네.

우리가 고려장이라 하면 이조 이전 고려 시대의 관습
을 말하는데, 뭐 흉년이 든 지역에서 노쇠한 부모를
자식이 지게에 지고 산골에 들어가 버리고 짐승의 밥
이 될 것을 알고 내려오는, 비인도적, 비인간적 관습
쯤으로 알고 있겠지. 그게 그런 것이 아니네.

이조 건국 전에 백성들이 어렵게 생계를 꾸려 왔고,
유교사상을 건국이념으로 삼은 이조 사대부들이 고려
를 비하하는 정책으로 고려는 고려장 같은 비인륜적
인 세습이 있었다 떠벌려댔지.

실은 자식이 노부모를 산에 지고 가 버린 것이 아니
라, 노쇠한 부모들이 가계에 도움이 안되고 남들에 의

존해 사는 것이 어렵자, 자기들이 산속에 걸어 들어가
죽음을 자처했다는 걸세. 그게 고려장이야.”

“그게 사실인가?”

“그렇다니깐. 중요한 점은 자식이 부모를 버린 게 아
니라, 부모들이 자진해서 죽을 때를 알고 집을 걸어
나갔다는 걸세.”

“어허, 정말 부모들이 죽을 때가 된 것을 알고 자진해
서 걸어 나가? 고려 시대가 그렇게 현명했던가?”

“그럴 수 있지. 관습으로.”*

---

*『교수신문』(2001. 2. 19)에서 발췌.

6.20

먼저 갑니다

나는 먼저 갑니다.

영원한 질문과 여자의 대화

영원한 질문
여자의 대화

강 월 도

영원한 질문과 여자의 대화

7.1

영원한 질문 1

미소

그녀는
진정 웃었는가?
지나가다 잠시 눈이 맞은 그녀는
진정 미소를 띠었는가?

7.2

영원한 질문 2

왜 반벙어린가?

내 앞에 앉은 여인은
아름다운데
나는 왜 반벙어린가?
왜 나는 말을 못하는가?

7.3

영원한 질문 3

얼굴이 없는 여인

얼굴이 없는
한 여인을 만났는데
확실히 그 사람이 여인인지 알 수가 없습니다.
그 사람은 진정 여자인가?

7.4

영원한 질문 4

선택의 여지

선택의 여지가 없었다.
선택의 여자는?

7.5

영원한 질문 5

어디로 떠나려는가?

마누라는 고히 잠들었는데
어디로 떠나려는가?

7.6

라일락의 신화 2

너는 라일락을 믿느냐?

7.7

여자의 대화 1

줏 대

언니만 믿어.
나 믿지마. 난 줏대가 없는 여자야.

7.8

여자의 대화 2

가 짜

가짜는 가짠데.
진짜 가짜는 아니래.

7.9

여자의 대화 3

밥

어저께 밥을 먹었는데
오늘 왜 또 배가 고프지?

7.10

여자의 대화 4

평생살이

하필이면 그 자와
내가 평생 살아야 하지?

그럼 나하고 살래?

7.11

가혹성

그건 너무 가혹하다.
날 차라리 잡아 먹어라.

아니지, 내게 감사해야지.

7.12

여자의 대화 6

너 없이

너 없이
어떻게 사니?

나 먼저 간다.

7.13

여자의 대화 7

죽어야 싸지

그 모양이 그 꼴이니
울지도 못하고
웃지도 못하고 ―

죽어야 싸지.

7.14

여자의 대화 8

귀하신 분

한번 줄까?
한번 주자. 귀하신 분인데.
(너도 나도 다 같이?)

7.15

여자의 대화 9

소중한 사람

내겐 소중한 사람이 있어.
그 자, 하느님이 자기 빚 보증인이라는 자!
(그랬으면 얼마나 좋을까!)

7.16

그야, 돈! 돈!

아, 우리 뭘 먹고 살지?
그야 돈! 돈! 헌데, 누구의 돈?
(내 돈은 안돼!)

(1996. 8. 15)

7.17

돈만 있으면

외롭지 않아,
돈만 있으면, 외롭지 않아.
나도, 돈 쓰고 살고 싶어.
사람들이 좋아하잖아.
(돈! 돈! 돈! 돌겠다!)

7.18

언니 없이

너, 날 죽이려느냐!
아니죠, 언니 없이 우리가 어떻게 꾸려가죠!
(죽일 년! 입만 살아서!)

7.19

웃기네, 웃겨!

웃지도 못하고, 울지도 못하고!
웃기네, 웃겨!
(뭐, 웃겨! 쓸개 빠진 년, 울기는 왜 울어!)

7.20

여자를 위해

여자를 위해 사는 거야!
누가? 남자가? 고양이와 개가?
(다, 양반, 쌍놈, 다!)

(1996. 8. 15)

7.21

여자의 대화 15

보신탕과 비타민

바가지 긁기 전에 보신탕 먹여라!
자기가 비타민 찾아 먹고 있어.
(그래, 꼴 좋겠다!)

7.22

여자의 대화 16

개새끼와 어머니

남자들, 다 개새끼야.
그러면 우리, 어머니는 뭐가 되냐!

7.23

다, 애 같애.

남자들, 다, 애 같애.
언젠가는 애를 낳아야지.
애 같은 놈이든, 짝이 될 년이든.

7.24

여자의 대화 18

사랑과 밥

사랑이, 밥 먹여 주냐!
그야, 내 팔자지,
장안의 빈털털이만 걸려드니.

여자의 대화 19

돈 좀 있다고

돈 좀 있다고 말하면
누가 뺏아 가냐.
나 좀 주라.

7.26

피카소와 피카소
- 미술관 이야기 6

너 봤어?
뭘?
그림.
무슨 그림?
저기 있는 저 젊은 화가의 그림.
누군데?
아직 혜화동 피카소를 몰라?
어, 피카소.

역겨워.

욕망과 희비극

■

첫번째 찍은 날 · 2001년 8월 15일

지은이 · 강월도

펴낸이 · 김소양
디자인 · 노지희
편 집 · 이윤희
펴낸곳 · 도서출판 우리글
등 록 · 서울 03-01074호
주 소 · 서울시 강남구 대치 4동 916-49
평생번호 · TEL · 050-2515-2515 / **FAX** · 050-2515-2516
TEL · 02-501-6908
FAX · 02-501-6904
E-Mail · wrigle@korea.com　　wrigle@hanmail.net

값 · 7,500원

ISBN 89-89376-03-3